Les mystères de l'éloquence

Grégory Lévy
Gilles-Jean Portejoie

Avec la collaboration de Joseph Vebret

Les mystères de l'éloquence

éditions du
ROCHER

Éditions du Rocher
28 rue Comte Félix Gastaldi – BP 521 – 98015 Monaco

www.editionsdurocher.fr

ISBN : 978-2-268-11191-9
EAN epub : 9782268112251

À Paul Lombard et Claude Guez.

I
Sur les marches du palais

« L'éloquence ne doit jamais être recherchée avec soin ; si elle vient, ce ne doit être que comme la servante de la vérité et attirée par les choses mêmes. »

BOSSUET, Oraison funèbre
du R. P. Bourgoing, décembre 1662

En son temps, La Bruyère, dans ses *Caractères*, dressait de l'avocat un portrait demeuré célèbre : « La fonction de l'avocat est pénible, laborieuse, et suppose, dans celui qui l'exerce, un riche fonds et de grandes ressources. Il n'est pas seulement chargé, comme le prédicateur, d'un certain nombre d'oraisons composées avec loisir, récitées de mémoire, avec autorité, sans contradicteurs, et qui avec de médiocres changements lui font honneur plusieurs fois ; il prononce de graves plaidoyers devant des juges qui peuvent lui imposer silence, et contre des adversaires qui l'interrompent ; il doit être prêt sur la réplique [...]. Sa maison n'est pas pour lui un lieu de repos et de retraite ni un asile contre les plaideurs ; elle est ouverte à tous ceux qui viennent l'accabler de leurs questions et de leurs doutes… »

Ces quelques lignes, sans nuances excessives, évoquent la plaidoirie et donc l'éloquence en filigrane. Mais elles omettent un élément essentiel : l'anxiété lancinante – pour ne pas dire l'angoisse – qui nous étreint chaque fois, c'est-à-dire régulièrement, que nous abordons la barre pour une affaire délicate. Serons-nous à la hauteur ? Parviendrons-nous à convaincre ? En un mot, à être éloquent ? Voici la question qui nous taraude en amont de chaque audience lourde de conséquences. Question à laquelle, après des dizaines d'années d'exercice, nous n'avons toujours pas trouvé de réponse. Il convient néanmoins d'apparaître serein, de ne rien laisser paraître face à l'adversaire. L'angoisse est une maîtresse possessive et exigeante qui fait de nous des perfectionnistes feignant les dilettantes. Mais ce n'est évidemment que façade et fanfaronnade.

Il se raconte la même anecdote dans tous les barreaux de France, celle du jeune avocat affirmant ne pas connaître le trac et auquel il fut répondu : « Soyez sans inquiétude, cela viendra avec le talent. » Dans le même état d'esprit, André Toulemon rapportait, dans *Paroles d'avocats*, que « les plus grands avocats peuvent être davantage victimes de la peur oratoire ; les médiocres […] qu'aucun souci de perfection ne saurait tourmenter, abordent la barre sans crainte, car l'idée de ne pas être égaux à eux-mêmes ne saurait les inquiéter ».

D'où ce livre, qui s'est imposé à nous comme une interrogation brûlante, une préoccupation centrale. Une nécessité plus qu'une évidence. L'éloquence : cette jouissance qui, comme la grande musique, ne mesure sa profondeur qu'à celle du silence qui la ponctue.

L'éloquence : le cœur du métier. Son cœur battant.

Nous sommes liés par une belle amitié depuis notre rencontre au palais de justice de Paris – Ô combien chargé d'histoire –, un jour ensoleillé de juin, au sortir d'une audience qui nous avait vus plaider l'un après l'autre pour deux immenses voix du barreau : Jacques Vergès et Claude Guez. Quelques mots échangés en haut des marches de la Cour de Mai suffirent pour que s'installe entre nous une sympathie naissante propice à une future complicité. Chacun reconnaissait en l'autre une forme d'élégance naturelle et professionnelle. Immédiatement nos conversations portèrent sur l'éloquence et ses mystères. Discussions qui n'ont jamais cessé depuis.

Pourtant, rien ne nous prédestinait à devenir proches et confidents, ou si peu. Quelques années nous séparent, de même que nos terres et autres pratiques du droit : l'un prête serment à Paris, l'autre à Clermont-Ferrand, celui-ci est voué aux affaires financières, notamment pénales, celui-là dévoué corps et âme au criminel. Nous avons toujours conservé, l'un et l'autre, une activité transversale. Nous ne croyons pas en la spécialisation.

Nous craignons qu'elle ne nous sclérose. Un avocat a des dominantes, des prédilections certes, mais il est et demeure avant tout avocat. Nous faisons nôtre la formule d'Albert Naud, célèbre pénaliste de l'après-guerre : « Je suis et resterai un médecin de famille, un généraliste d'escalier qui soigne les petits et les grands. Je m'efforce de tout guérir, et j'aime cette variété. Limiter mon activité à plaider chaque jour la sacrosainte priorité de droite, ou la brevetabilité d'une machine à faire sauter les crêpes, me serait insupportable. »

Et un même terreau nous rapproche : le bonheur de plaider malgré l'angoisse chevillée au corps. Deux trajectoires, un point commun : la rencontre de mentors qui influencèrent incontestablement la suite de nos carrières : Claude Guez et Paul Lombard ; des modèles, des maîtres à penser.

Au sortir de la faculté, Grégory rejoint le cabinet de Claude Guez, déjà octogénaire, qui lui enseigna la stratégie judiciaire, l'art de la plaidoirie ou encore la façon de s'adresser à un magistrat et mille autres secrets. Insatiable séducteur, Claude Guez était de ceux qui osaient le baise-main au Palais. Véritable puits de connaissances, il dictait ses correspondances tel Balzac, y employait les plus belles figures de style aujourd'hui oubliées, jusqu'à titrer les premiers paragraphes de ses conclusions « Prolégomènes ». Passionné de grammaire, le *Grevisse* trônait sur son bureau, il s'exprimait à l'imparfait du subjonctif sans jamais commettre d'erreur.

Il plaidait avec la même verve aux assises à l'occasion d'un attentat commis en Corse, contre un rapport d'expertise dans une affaire de baux commerciaux, que devant un tribunal arbitral constitué au Sénégal. Et il faisait partie de ceux qui ne dévoilaient pas leur angoisse avant l'audience. D'une maîtrise totale, déstabilisante même.

Il eut à plaider pour une entreprise informatique française face au géant américain Microsoft. Connaissance prise du litige, de l'injustice commise par Goliath, il n'hésita pas un instant. C'est à cette occasion que Grégory découvrit l'encyclopédie juridique qu'était Claude Guez, jusqu'au droit de la concurrence des systèmes d'exploitation. Ensemble, ils travaillèrent d'arrache-pied plusieurs mois. En face d'eux : une armée d'avocats français et américains, toujours plus spécialisés. L'audience était fixée à 13 heures devant le juge consulaire. Mais pour déjeuner, Claude Guez choisit une table sarde, à proximité du cabinet, alors qu'un jeûne aurait suffi à Grégory. Les minutes étaient interminables entre chaque plat et celui-ci de s'inquiéter de l'ouverture de l'audience. Parfaitement détendu, voire rieur, Guez commanda un tiramisu en dessert ; il était déjà 14 heures. Au tribunal de commerce, la salle d'audience s'ouvre par deux portes battantes, d'un bleu Klein, trahissant une modernité déjà dépassée. Au moment de les tirer, lourdes et grinçantes, il était déjà 15 heures. La présidente leva la tête, demi-lunes sévères sur le nez : « Maîtres, nous vous attendions ! » Les avocats de Microsoft, tels des gardes républicains, étaient alignés en deux rangées, devant chaque tome d'un dossier de plaidoiries impeccablement relié. Guez s'avança vers la cour, et lança, interdit : « J'aime, Madame le Président, que l'on m'accueille ainsi, en haie d'honneur. » Nerveuse d'impatience, l'assistance venait d'être cueillie. Puis il plaida. À la sortie du tribunal, les avocats de Microsoft lancèrent, *fair-play* : « Bravo messieurs les plaideurs ! »

Plus qu'un mentor, Claude Guez fut un père spirituel et son audace continue d'accompagner Grégory, toujours et partout.

Du plus loin que remontent ses souvenirs, Gilles-Jean n'a jamais envisagé d'exercer un autre métier que celui d'avocat. Sa seule vraie passion. Il ne saurait dire pourquoi. Peut-être naît-on avocat plutôt qu'on ne le devient. Il a rencontré Paul Lombard, sur le tard, au printemps 1988, quelques mois avant la réélection de François Mitterrand, pour laquelle il œuvrait sans compter. Ils plaidaient tous deux dans la grande salle de la cour d'assises de Paris. Une affaire classique de meurtre, celui du jeune conservateur du musée de Meaux qui avait été poignardé. Ils étaient sur le banc des parties civiles. Paul intervenait pour la mère de la victime et Gilles-Jean pour le reste de la famille. Il côtoyait pour la première fois cette grande figure du barreau au sommet de sa gloire, la soixantaine chenue, cheveux peignés en arrière, visage oblong, quasi romain dans sa stature. Une sorte de coup de foudre.

Le dossier n'occupait qu'une seule journée. Au moment de plaider, le président, flatté de la présence de ce grand professionnel, lui proposa d'intervenir en premier. Et Lombard de s'effacer : « Je veux parler après le bâtonnier Portejoie. C'est lui qui maîtrise le mieux le dossier. » Celui-ci s'exécuta. Au pénal, la plaidoirie relève d'une étrange alchimie : les ingrédients du talent ponctuel sont méconnus. L'éloquence est souvent le fruit de rapports quasi physiques avec l'environnement et l'on ne dira jamais assez Ô combien nous sommes perméables aux conditions qui président à ces moments d'une rare intensité. Quand on se sent jugé, pour ne pas dire jaugé, on est souvent plus fébrile, mal à l'aise, impressionné à l'excès. Quand on prend l'ascendant sur une salle, qu'on maîtrise, même tactilement, les lieux, tout devient plus facile. Ce fut le cas ce jour-là. Lombard plaida à son tour. Il évoqua assez peu le dossier, pour parler avec bienveillance de la plaidoirie de son jeune confrère et du fait qu'ayant tout dit, il n'avait rien à ajouter. Une fois le verdict tombé, ils se retrouvèrent tard le soir au pied des grandes marches du palais de justice. L'un partait plaider à Lyon et l'autre devait se rendre à Bruxelles. « Je souhaiterais vous voir à nouveau. Je vous appelle demain à onze heures », lança Lombard avant de disparaître dans la nuit. À l'heure dite, le lendemain, Lombard tint parole et dit simplement à Gilles-Jean : « J'aimerais que désormais nous puissions travailler ensemble, mon cabinet dès aujourd'hui vous est ouvert. » Depuis, ils ne se sont jamais quittés. Leur aventure professionnelle et humaine s'est poursuivie et a marqué Gilles-Jean à tout jamais, impressionné par l'élégance naturelle de Lombard et son éloquence donjuanesque. Il était un peu son fils ; il lui manque aujourd'hui cruellement.

Parce que le hasard n'existe pas, nos monstres sacrés, Claude Guez et Paul Lombard, se sont eux-mêmes rencontrés lorsqu'ils ont eu à plaider, ensemble, l'affaire Albertine Sarrazin. Née en 1937 à Alger, elle fut la première femme de lettres à raconter sa vie de prostituée, de délinquante et son expérience en prison. L'auteur de *L'Astragale* et *La Cavale* avait connu l'abandon, l'adoption, le paludisme, l'inceste et même la maison de correction à la demande de son père. Elle évoluait dans le banditisme et la prostitution avant de subir l'incarcération, qu'elle sublimait de ses poèmes. Fragilisée par une vie chaotique, Albertine mourut à 29 ans, des suites d'une opération du rein. L'anesthésiste, non diplômé, qui ne l'avait pas consultée avant l'opération, ignorait son groupe sanguin et son poids, si bien que le sang de réserve manqua. Julien, son mari, engagea la responsabilité des médecins, une première à l'époque. Claude Guez et Paul Lombard firent condamner le chirurgien et l'anesthésiste à deux mois de prison avec sursis et 90 000 francs d'amende pour homicide involontaire, outre 40 000 francs de dommages-intérêts. Les deux avocats devenaient les précurseurs de la responsabilité médicale.

Ils se respectaient et s'appréciaient infiniment. C'était le 2 avril 1971. Un demi-siècle avant notre rencontre.

Malgré nos différences, nous nous retrouvons sur une acception commune de l'éloquence judiciaire. Nous militons pour qu'elle demeure dans le prétoire, renaisse, se transforme, soit écoutée et entendue.

Que l'on s'explique.

Il fut un temps, révolu, au cours duquel une plaidoirie bien menée, empreinte d'émotion et de grandiloquence à coups d'effets de manches, pouvait retourner un jury et faire acquitter un coupable que tout désignait. Les exemples abondent, nous en retiendrons un, lié à Me Henri Géraud, avocat pénaliste du début du XXe siècle, celui-là même qui fit acquitter Raoul Villain, l'assassin de Jaurès. Une figure du barreau, carrure imposante, longue barbe qui couvrait la poitrine, ornement pileux très en vogue à l'époque, la voix qui portait, une émotion véritable, une bienveillance à toute épreuve et une très haute idée de la profession, à croire qu'il servit de modèle à La Bruyère pour en dresser le portrait. Quelques mois avant le déclenchement de la Première Guerre mondiale, il eut à plaider devant les assises une affaire sordide, un drame survenu derrière les volets clos d'une maison bourgeoise, une famille riche et bien-pensante comme on disait en ce temps-là, au sein d'un couple que désormais tout opposait, les caractères, les centres d'intérêt, les désaccords sexuels. Les enquêteurs affirmaient que l'épouse avait tué son mari. Celle-ci jurait qu'il s'était suicidé dans une crise de neurasthénie. Elle se retrouva dans le box des accusés. Un témoin de l'époque rapporta que « la péroraison de l'avocat fit passer dans la salle une houle d'émotion intense, une vague de sanglots ». Géraud, épuisé, défaillait presque. Il avait plaidé de toute son âme, avec l'énergie du désespoir. Les larmes qui coulaient le long de sa barbe n'étaient pas feintes. Si bien que les jurés considérèrent que la victime, atteinte de quatre coups de feu dans le dos, s'était suicidée. L'épouse fut acquittée.

Un tel verdict serait inimaginable de nos jours. La procédure pénale a évolué : impossible dès lors d'échapper à la condamnation, même avec le plus éloquent des plaideurs. Il en fut ainsi du crime dit passionnel qui n'a jamais existé en tant que tel dans le Code pénal, mais dont l'expression trouve son origine dans les feuilletons à succès publiés par la presse du XIXe siècle. Avant 1975, le caractère passionnel pouvait constituer cette fameuse circonstance atténuante et faire l'objet d'une certaine indulgence de la part des juridictions et de la société. On considérait que la passion pouvait faire perdre le contrôle, notamment la jalousie. Un avocat sérieux, une belle plaidoirie, une éloquence maîtrisée pouvaient très sensiblement réduire la peine encourue. Si l'on remonte dans le temps, le Code pénal de 1810, dans son article 324, en venait à excuser le meurtre commis par l'époux sur sa femme. Le mari devait surprendre l'épouse et son amant en flagrant délit. Le meurtre devait être commis au moment de la découverte de l'adultère, selon l'idée que l'émotion avait altéré le jugement. Enfin, l'adultère devait être commis au sein même du domicile conjugal. En revanche, le crime de l'épouse trompée qui tuait son mari infidèle n'était pas excusable. En 1994, la qualité de conjoint de la victime devient une circonstance aggravante. En 2006, cette disposition est élargie aux concubins, aux pacsés et aux anciens partenaires.

Cet exemple pour souligner le caractère vivant du droit ; il évolue en codifiant de plus en plus précisément les actes répréhensibles, réduisant d'autant la part émotionnelle d'une plaidoirie et son influence sur le jury. La marge de manœuvre s'est réduite.

Même si Me Jean-Marc Varaut a plaidé trois jours durant, à Bordeaux, pour Maurice Papon, fini les plaidoiries au long cours qui firent les grandes heures des procès d'assises du XIXe siècle, chefs-d'œuvre d'éloquence, monuments littéraires, véritables pièces d'orfèvrerie.

À la rhétorique qui prenait toute la place, avant-hier encore, dans les prétoires, a succédé une démarche plus directe, schématique et dénudée. L'époque l'exige, celle du déclin des humanités, mais également une réalité pratique : la diminution du nombre de juridictions corrélée à l'augmentation du nombre d'affaires oblige à réduire la durée des audiences et donc la place accordée aux plaidoiries qui n'ont, heureusement, pas déserté les tribunaux. Les ressorts de l'éloquence ont dû s'adapter pour rester aussi efficaces. Terminé les digressions, les longues citations, les références latines. Moins plaider pour mieux plaider, affirmeront certains.

La tendance des nouvelles générations – bien souvent de jeunes avocats « sans robe » – est au « dépôt de dossier », cette lâche invitation à remettre ses écritures au tribunal, sans plaider, notamment dans les procédures civiles et commerciales. Nous avons en horreur cette muselière procédurale. Et si elle est pratique courante, il s'agit de continuer de rugir quitte à importuner.

Certes, l'éloquence du XIXe siècle est morte, sacrifiée sur l'autel de l'informatique et de la célérité. Mais le magistrat à qui il revient de juger reste un être humain, une sensibilité, une personnalité, une force et une faiblesse, jamais une intelligence artificielle ou un seul algorithme. Dans tout procès, parce que l'éloquence ne saurait se cantonner au pénal, il y aura toujours un terrain de conviction à conquérir. Notre parcelle de jeu, en un mot, même s'il ne s'agit plus de plaider comme autrefois. Construisons l'avenir.

II
Deux mille ans d'histoire

« Puissance au-dessus des pouvoirs, Ô Éloquence céleste, qui avance par la forte rêne d'une parole imposante. Gérez, guidez et maîtrisez l'éminence des affections humaines, plus encore que toutes leurs épées. N'offrirons-nous pas à ton excellence le plus riche trésor que notre esprit peut offrir ? »

Samuel DANIEL, *Mosuphilus,* 1599

Dans la deuxième scène du premier acte du *Misanthrope*, Molière place une réplique devenue célèbre dans la bouche de Philinte s'adressant à Alceste : « Ah ! qu'en termes galants ces choses-là sont mises ! » Elle illustre à merveille la comédie des mots, dans un usage désuct, certes, mais encore intelligible par tous. Faisant la preuve de l'incontestable efficacité d'une éloquence, elle pose l'art de bien parler et de bien se faire comprendre comme fondement civilisationnel de toute société humaine. « Mal nommer un objet, c'est ajouter au malheur de ce monde », disait Camus, paraphrasant le philosophe Brice Parain.

Mais qu'est-ce que l'éloquence ? C'est convaincre par les mots. À question simple, réponse simple. Mais Ô combien réductrice au regard des deux millénaires qui se sont écoulés depuis les premières codifications. Il s'agit d'emporter la conviction par la séduction selon une équation mathématique : séduction + conviction = éloquence, reposant sur une argumentation solide, destinée à séduire pour entraîner son interlocuteur là où l'on veut le conduire.

L'art oratoire est avant tout un art de convaincre, de susciter la confiance et l'adhésion. Et l'éloquence, l'art de savoir exprimer et communiquer sa pensée d'une manière assez décisive pour l'imposer.

Quelques mots parfois suffisent. Un exemple. Grégory devait plaider une affaire tragique : celle d'une adolescente, nommée Astrid, très lourdement handicapée depuis la naissance. Lors de l'accouchement, le médecin était absent, retenu par quelque distraction à la machine à café. L'accouchement s'était mal passé. Le bébé, privé d'oxygène de trop longues minutes, portait des séquelles neurologiques irrémédiables. À l'audience, Grégory représentait ses parents contre le centre hospitalier, évidemment responsable du drame. Poursuivre un hôpital public n'est pas une mince affaire. La présence de l'adolescente à l'audience avait été envisagée. Elle n'était pas pratique en raison de son fauteuil médicalisé et de son âge mental de cinq ans. Qui plus est dans une salle généralement dépourvue de tout public ; où les débats sont techniques sinon arides. Y replacer de l'humanité, définitivement. Telle était la seule mission, et Grégory de rappeler les faits dans leur plus stricte dramaturgie. À côté de lui, la jeune Astrid, rêveuse. Au moment où, lancé dans sa plaidoirie, il en vint à prononcer son prénom, contre toute attente, la jeune fille qui jusque-là avait gardé un silence ahuri, leva le bras comme pour répondre à l'interrogation d'un instituteur et interrompit d'un « C'est moi ! » aussi fier qu'immature, lequel commandait bienveillance voire affection. Sa voix fit tomber toutes les résistances. Grégory continua de plaider et chaque fois qu'Astrid entendait son prénom, elle levait le bras et lançait à l'adresse du président d'audience : « C'est moi ! » Derrière son bureau, la magistrate ne parvenait à retenir ses larmes. Deux mots scandés par une victime avaient suffi à briser la défense d'une forteresse que rien ne semblait pouvoir abattre. C'est Astrid qui ce jour-là fit preuve d'éloquence.

Séduction, conviction, argumentation, disions-nous. A-t-on pour autant le droit de mentir ? Rien ne l'empêche. En cela, nous mettons sans réserve nos pas dans ceux des sophistes de l'Antiquité qui estiment que tous les moyens sont bons pour emporter la conviction. Nous y reviendrons.

Dans une affaire, au civil comme au pénal, les avocats interviennent dans le cadre d'une mission de conseil ou de défense. Et le mensonge, parfois, mène à la victoire. Au risque de choquer par notre cynisme, nous n'avons aucun état d'âme en la matière. Parce que nous sommes interchangeables et que l'exercice de la profession fait que l'on peut plaider le lundi pour un voleur et le mardi pour une victime. Mais pas *sa* victime. À vrai dire, nous n'avons pas à nous poser la question de savoir si ceux que nous défendons nous confient la vérité. C'est le cadet de nos soucis et il ne s'agit pas d'en rougir, même au cours d'un dîner en ville. Ce qui nous intéresse, c'est de savoir si la vérité qu'ils nous livrent peut correspondre à la vérité *judiciaire*. Si leur thèse est défendable ou pas. Acceptable ou pas. Convaincante ou pas. Le dossier nous dicte notre conduite. Lui et lui seul.

De plus, si l'éloquence devait consister en une démonstration basée sur des faits avérés sans jamais jongler avec la réalité, nous ne pourrions exercer notre fonction de défenseur. En tout état de cause, et en France, l'avocat n'a pas à démontrer l'innocence de celui qu'il défend ; la charge de la preuve incombe au procureur, notre adversaire.

Un proverbe polonais affirme que la vérité, comme l'huile, remonte toujours à la surface. Pas toujours rapidement, il est vrai.

Gilles-Jean en a fait l'expérience dans un terrible fait divers qui a défrayé la chronique. En mai 2013, la paisible ville de Clermont-Ferrand retenait son souffle : la petite Fiona, âgée de cinq ans, avait disparu. Sa mère,

Cécile Bourgeon, une frêle jeune femme enceinte de son nouveau compagnon, un individu au parcours pour le moins chaotique, pleurait devant les caméras. Le couple, connu pour sa toxicomanie, lança même un appel à témoins, évoquant un possible enlèvement.

Les médias s'emparèrent de l'affaire qui prit très rapidement une dimension nationale. Avocat de Cécile Bourgeon, Gilles-Jean devint son protecteur zélé et l'accompagnait en permanence. Il faisait pression sur les enquêteurs et la justice pour que tout fût entrepris afin de retrouver la petite Fiona. La population prenait également fait et cause pour cette jeune mère au visage ravagé d'angoisse et de douleur.

Les mois passèrent. En septembre, Cécile Bourgeon fut convoquée au commissariat de Perpignan. Gilles-Jean arriva dans l'après-midi et retrouva sa cliente, coiffée d'un étrange bandeau. Elle avait mis au monde, le mois précédent, un petit garçon. Placée en garde à vue, elle affirmait qu'elle n'avait rien à voir avec la disparition de sa fille qui lui manquait terriblement. Lors d'une interruption, l'avocat quitta le commissariat à la recherche d'un café pour se désaltérer ; il faisait très chaud ce jour-là et il rêvait d'un rosé frais. À peine avait-il porté le verre à ses lèvres que sonna son portable. L'enquêteur principal l'informait que sa cliente voulait le voir. Sans atermoyer, il retourna au commissariat. Cécile Bourgeon l'attendait. Il remarqua aussitôt que le bandeau s'était quelque peu distendu au point de laisser apparaître des traces de coups mal dissimulés sous des couches de maquillage et de fond de teint.

— Mais qui t'a fait ça ? s'inquiéta-t-il.

Elle ne répondit pas. Il insista. Elle finit par bafouiller, tremblante :

— C'est ma vie de tous les jours, c'est des coups que je prends depuis des semaines, depuis des mois.

— Ça ne peut pas durer. Si ça continue, dans un mois tu ne seras plus là !

Cécile Bourgeon baissa les yeux et, contre toute attente, murmura :

— Ma fille n'a pas disparu. Il faut que je vous dise ce qui s'est réellement passé. Elle est morte, c'était un accident.

Le sol sembla se dérober sous les pieds de l'avocat. Voici des semaines et des semaines qu'il était engagé, immergé à ses côtés ; la France entière les avait suivis. Et le voici face à sa cliente et à ses mois de mensonges. Quelques heures plus tôt, il répondait aux journalistes campés devant le commissariat : « Pas d'inquiétude, c'est une garde à vue banale pour des questions de stupéfiants, sans plus. Cela ne concerne pas le fond du dossier. » Il savait qu'il allait retrouver ces mêmes journalistes en quittant les lieux. Il avait surtout conscience, déontologiquement, d'être confronté au moment le plus intense de sa vie professionnelle. Il lui fallait se décider. Très rapidement. Devait-il se draper dans une dignité bafouée ? Ce qui reviendrait à dire à sa cliente, au pire moment : « Tu m'as raconté des histoires, tu m'as trahi, je te lâche, je ne peux plus assurer ta défense. » Devait-il poursuivre ? L'espace de trente secondes, mille questions se bousculèrent dans son esprit. Et c'est là qu'intervient l'éloquence. Lui revint en mémoire une discussion avec Paul Lombard, quelques années plus tôt. Ils cherchaient ensemble la meilleure définition de l'avocat, de son rôle, avant de tomber d'accord sur le fait que l'avocat, c'est celui qui reste quand il n'y a plus personne. Et il n'y avait plus personne. En cet instant, Cécile Bourgeon était seule avec son mensonge, avec la mort de sa fille enfin révélée, face à l'opinion publique qu'il lui fallait désormais affronter, face à la déflagration médiatique que ne manquerait pas de provoquer cet aveu, face à la machine judiciaire qui allait, d'ici quelques minutes, se mettre en ordre de marche. En toute conscience, Gilles-Jean ne pouvait se dérober. Il se devait de rester aux côtés de sa jeune cliente, quoi qu'il y eût à lui reprocher.

La garde à vue se poursuivit fort tard. Cécile Bourgeon raconta aux enquêteurs les circonstances du drame. La petite Fiona était victime de maltraitances. Elle aurait été frappée avant d'être enterrée dans les bois, près d'un lac. Puis Gilles-Jean dut affronter la meute des journalistes qui attendaient toujours devant le commissariat. « Voici ce que m'a dit ma cliente… » Il fit un rapide compte rendu avant d'être interrompu par une question à laquelle il s'attendait :

— Monsieur le bâtonnier, allez-vous continuer à assurer sa défense ?

— Oui, je vais le faire, parce qu'un avocat, c'est celui qui est là quand il n'y a plus personne.

Ce bref moment d'éloquence, cette utilisation des mots justes à l'instant opportun, a permis à Gilles-Jean d'avancer sereinement dans cette affaire. Cécile Bourgeon fut acquittée sur le fond lors du premier procès, mais condamnée à cinq ans de prison pour non-assistance à personne en danger, modification d'une scène de crime et dénonciation mensongère de crime. À l'issue d'un quatrième procès, la cour d'assises condamna Cécile Bourgeon à vingt ans de prison et son ancien compagnon à dix-huit ans de prison. Le corps de la petite Fiona ne fut jamais retrouvé.

L'éloquence peut venir du client, avec finesse, sincérité et conviction.

Alexia Daval, une jeune femme de 29 ans, a été portée disparue en octobre 2017. Son corps partiellement calciné fut retrouvé quelques jours plus tard dans un bois près de son domicile. Son mari, Jonathann Daval, a rapidement été mis en cause. Il avait d'abord signalé la disparition de son épouse et avait participé à des recherches intensives, se présentant comme un veuf éploré. Il a finalement reconnu avoir tué sa femme, puis s'est rétracté à plusieurs reprises, accusant même son beau-frère.

Gilles-Jean, avocat des parents d'Alexia, n'oubliera jamais cette matinée étouffante de juin 2019 durant laquelle il était procédé à une reconstitution, dans la clairière où fut retrouvé le corps. Jonathann Daval s'acharnait à nier avoir brûlé le corps. Le temps s'étalait en longueur. Soudain, Isabelle et Jean-Pierre Fouillot, les parents d'Alexia, s'approchèrent de lui et commencèrent à lui parler avec beaucoup de bienveillance. La magistrate chargée de l'instruction, une femme d'une grande intelligence et d'une subtilité extraordinaire, n'intervint pas et laissa faire. Ce qui est très rare. « Nous t'aimons, lui dirent-ils en substance. Nous t'aimons de tout notre cœur. Nous sommes profondément catholiques, tu le sais. Le pardon fait partie de notre conviction. Mais dis-nous, dis-nous. Ne nous laisse pas comme ça. Tu ne peux pas nous laisser dans cet état. On veut savoir : tu nous dois ça, tu nous le dois, tu nous dois la vérité. On t'aimait comme un fils, tu étais notre fils. Tu nous dois la vérité. »

On vit Daval vaciller. L'instant était suspendu. Le silence pesant. Isabelle Fouillot fit un pas vers lui et lui parla de son chat qu'ils avaient récupéré, ce chat auquel il était très attaché. Et là, soudainement, Daval se mit à pleurer. Et il murmura : « Oui, c'est moi qui ai brûlé le corps. »

Vingt minutes d'une intensité incroyable où les mots – on en revient à l'éloquence –, les mots justes, profonds, touchants, la force des sentiments véhiculés par les mots font basculer une procédure. Vingt minutes durant lesquelles la mère de la victime fit preuve d'un sens aigu de l'éloquence, laissant Gilles-Jean muet d'admiration.

Il faut se rendre à l'évidence et faire preuve de bon sens : on rencontre rarement des gens bien portants dans les salles d'attente des médecins. Il en va de même des avocats. « J'eusse volontiers, disait Moro-Giafferi, consacré mon existence à la défense des archevêques, ou des bonnes sœurs de religion. Malheureusement de tels personnages fréquentent assez rarement les bancs de la cour d'assises. » Notre rôle ne se borne pas à ne faire acquitter que les innocents.

D'ailleurs, la vérité existe-t-elle ? N'y a-t-il qu'une vérité ? Qui dit la vérité ? Il y a une vérité divine, il y a une vérité humaine, il y a une vérité judiciaire. Lorsque le juge tranche, il livre dans sa décision une vérité judiciaire, qui peut d'ailleurs n'être que la sienne et qui ne saurait être la vérité absolue ; il faut en convenir. Dupont-Moretti de rappeler que la Justice n'est que la signature de celui qui la rend. Parce qu'il peut tout à fait s'être trompé et avoir condamné la mauvaise personne. Donc la notion de vérité nous dépasse. Celui qui vient nous voir nous demande de défendre une thèse. Si nous partions en quête de vérité, nous sortirions de notre mission et de notre périmètre d'activité. Nous ne sommes pas les juges de ceux que nous assistons, encore moins leur curé. L'ancien bâtonnier de Genève, Marc Bonnant, surnommé le Bossuet des tribunaux, a résumé la problématique au fil de ses nombreuses conférences. En voici la substance : « L'éloquence est amorale. Nous sommes dans un temps où la morale est sur toutes les lèvres. Elle décide de ce qui est bien et mal. Morale qui est la petite laine des frileux. C'est la revendication des vaincus, voire leur revanche. L'éloquence est une supériorité, en un temps où la supériorité est pourchassée. Deuxième offense à la morale : la vérité. Nous vivons des temps obsessionnels de la vérité. L'éloquence est étrangère à la vérité ; il n'y a pas de vérité, il n'y a que des points de vue. [...] Les Grecs divinisaient l'erreur. Un des grands obstacles à l'éloquence, c'est le goût pour l'harmonie. L'éloquence est une violence. Dans convaincre, il y a vaincre. »

L'éloquence s'inscrit dans une histoire de plus de deux millénaires. Elle mérite d'être contée.

Retour aux sources. Le mot *éloquence* s'enracine dans un latin classique, *eloquentia*, dont le sens premier signifie *facilité d'expression, talent de la parole. Eloquentia* est dérivé du verbe *eloqui*, voulant dire *parler, s'exprimer.* Apparu dans la langue française vers le XIIe siècle, il a évolué par extension de sens comme adjectif à la parole puis au discours : avoir un *ton éloquent.* Dès le milieu du XVIIe siècle, il signifie également *expressif,* tel que dans l'expression toujours usuelle : *un silence éloquent,* c'est-à-dire *qui en dit long* ou, pour reprendre un vers très connu d'Ovide : « Parfois les pleurs ont la vertu de l'éloquence. » L'essentiel étant de bien se faire comprendre, sans laisser la moindre place à l'ambiguïté. Par analogie, ce mot s'est rapidement chargé d'un nouveau sens pour qualifier *ce qui est probant, qui convainc* ; *un témoignage éloquent* par exemple.

Ainsi, l'éloquence, comme facilité d'expression et art de la parole, s'applique d'abord à une manière de s'exprimer avec aisance, une capacité à émouvoir, à persuader par le discours, à convaincre voire séduire. Le juge, bien sûr, celui que l'on défend, toujours, l'adversaire même parfois.

L'éloquence est donc d'abord la qualité de ce qui est à même de pouvoir persuader le cœur autant que l'esprit ; de subjuguer au point d'emporter une adhésion que rien ne pourra détrôner ou affadir. Plus encore, elle est une technique du discours, un ensemble de règles, de procédés, parfois complexes, auxquels on recourt pour satisfaire l'art de bien parler. Pour l'écrivain Jean Paulhan, dans *Les Fleurs de Tarbes*, il y aurait éloquence « partout où les mots prennent le pas sur la pensée, se mettent en évidence, appellent l'attention sur leur ordre et leur composition… ». Le discours entendu suscitant une émotion intense restera gravé dans la mémoire dans sa totalité ou, du moins, ses moments forts. « La vraie et grande éloquence est celle dans laquelle, même aux moments calmes, on sent le grondement de la foudre », écrit Hugo, et cette foudre qui gronde, chacun est prêt à ce qu'elle tombe sur lui et le terrasse de sa force. Nul besoin de forcer inutilement la voix, les arguments doivent l'emporter sur les effets.

Probablement l'éloquence est-elle sœur de la parole et née avec elle. Les plus anciennes cultures, y compris préhistoriques, devaient connaître la puissance du langage, et dans ces tribus on ne se privait vraisemblablement pas d'être éloquent pour convaincre. Certes nous ignorons tout de ces pratiques : elles excitent durablement l'imagination, et on se plaît à penser que l'évolution du langage parlé fut indissociable de l'art d'organiser son discours. Surtout si l'on admet que l'expressivité est un des caractères inhérents à l'exercice de l'éloquence et qu'il suppose plus que la maîtrise d'un langage. Cette volonté de persuasion englobe non seulement ce qui peut être dit, mais encore ce qui est probant sans recourir pour autant à un discours organisé. « Sans doute, écrivait Tony Bouillet, dans une brève histoire de l'éloquence parue en 1888 dans une revue littéraire, aux premiers temps de l'humanité, l'éloquence est toute physique, tout extérieure. L'homme primitif, le sauvage veut-il déclarer la guerre ? Il brandit son javelot et appelle aux armes. C'est la colère qui attise la colère, c'est le cœur qui agit sur le cœur par le regard et par le geste autant que par la parole. Peu à peu, la civilisation progresse, les familles s'agrègent pour former des tribus, des nations. La société existe. L'éloquence exprime alors les sentiments variés que fait naître la multiplicité des rapports sociaux, les passions diverses que suscite la complexité des intérêts des droits et des devoirs. » En un mot, le langage est multiple et divers, il englobe bien évidemment la parole, mais pas qu'elle, il cherche à se faire comprendre de mille manières, jusque dans la gestuelle, jusque dans le silence. Dans cette logique, il nous est ainsi facile de distinguer la parole, le langage, l'usage de l'éloquence et le recours à ce qu'on nommera, assez tardivement, la rhétorique, cette action du discours sur l'esprit. Elle apparaît en Grèce, selon l'opinion courante, vers la fin du ve siècle avant Jésus-Christ. Mais ce n'est pas sa théorisation qui éclipse pour autant l'emploi d'une éloquence sans rhéteur, comme elle était pratiquée avant d'être codifiée.

Une digression pour planter le décor avant de rentrer dans le détail. Impossible de parler d'éloquence sans aborder le sujet de la rhétorique. Parfois confondues, ce sont deux notions étroitement liées, mais distinctes : la rhétorique représente la théorie de l'art de bien parler et de persuader. Cette discipline s'appuie sur un ensemble de techniques et de procédés pour organiser son discours, structurer son argumentaire, choisir les mots justes et les figures de style les plus efficaces. Elle vise à convaincre, émouvoir et plaire à son auditoire. L'éloquence, quant à elle, se présente comme la capacité à s'exprimer avec aisance, force et beauté. C'est le talent de mettre en œuvre les techniques de la rhétorique de manière naturelle et persuasive. Un orateur éloquent sait captiver son public par la clarté de son propos, la richesse de son vocabulaire, la modulation de sa voix et l'expressivité de son corps. La rhétorique est le savoir, l'éloquence est le savoir-faire. Un orateur accompli doit maîtriser les techniques de la rhétorique pour pouvoir s'exprimer avec éloquence.

Nous ne rentrerons pas dans le débat de savoir qui de la poule ou de l'œuf précéda l'autre. Tony Bouillet a son idée : « C'est l'éloquence qui a donné naissance à la rhétorique et non la rhétorique à l'éloquence : *Artificium ex eloquentia, non eloquentiam ex artifeu natam*. Au début, les orateurs ont fourni les exemples, puis les rhéteurs ont déduit les règles et formulé les préceptes. C'est ainsi que Cicéron a précédé Quintilien. Celui donc qui s'épuiserait à chercher dans la rhétorique le secret de l'éloquence s'imposerait un travail inutile. Il sera toujours aussi impossible de faire de l'éloquence avec des figures et des images que de créer avec des fibres, des muscles et de la chair, un corps vivant, animé ; il manquerait toujours à l'une et à l'autre le mouvement, le souffle, la flamme et la vie. Les images, les figures et les tropes font le déclamateur ; l'émotion, l'inspiration, la passion, seules, font l'orateur : *Pectus est quoi disertos fuci* (C'est l'âme qui fait l'éloquence). Les grandes pensées viennent du cœur ! C'est le cœur qui est l'unique source de l'éloquence, aussi est-il vrai de dire que l'éloquence n'est pas moins ancienne que l'homme ; qu'elle est née avec lui et qu'elle sommeille en lui, comme l'étincelle dans les veines de la pierre, cachée, mais prête à jaillir au premier choc. »

Définir la rhétorique relève donc du casse-tête, car elle fut, au fil des siècles, employée à divers desseins, au point de devenir une obsession. Deux traditions philosophiques, qui parfois s'opposent dans leur finalité, se répondent. La première, directement issue d'Aristote, se rattache aux sophistes, tel Gorgias, en définissant la rhétorique comme un art de persuader, « la faculté de considérer, pour chaque question, ce qui peut être propre à persuader ». La seconde se rattache aux stoïciens et pose que la rhétorique est d'abord un art de bien discourir, requiert de celui qui l'emploie une bonne moralité et s'inscrit dans une certaine idée de la sagesse ; elle est principalement représentée par Cicéron et Quintilien. Loin de simplifier l'approche, cette double tradition a favorisé la multiplication des définitions jusqu'au XIXe siècle et au-delà. Il suffit par exemple de citer Chaignet qui affirme en 1888, dans *La Rhétorique et son histoire*, qu'elle consiste « à persuader et convaincre » ou, trois siècles plus tôt le philosophe anglais Francis Bacon, pour qui elle est d'abord « l'art d'appliquer la raison à l'imagination pour mieux mouvoir la volonté ». En dépit de ces conceptions parfois divergentes, il importe de préciser que la rhétorique est aussi un système, un ensemble non seulement de figures, de tropes, mais aussi de recettes, de techniques auxquelles le locuteur recourt en vue de convaincre et persuader son auditoire. D'après le philosophe belge Michel Meyer, auteur notamment en 1999 d'une *Histoire de la rhétorique - Des Grecs à nos jours*, et en 2008 de *Principia rhetorica*, il existe trois définitions concurrentes : la première est une « manipulation centrée sur l'auditoire », idée née chez Platon qui ne l'accrédite que quand elle est mise au service du discours philosophique, sinon elle recouvre un discours fallacieux ; la seconde est, selon la définition de Quintilien, « un art de bien parler, un art du bien dit », qui renvoie directement à l'éloquence ; tandis que la troisième recouvre une définition humaniste qui se définit comme l'exposé d'arguments ou de discours dont le but est de persuader un auditoire, au sein d'un cadre social et éthique.

Au sens classique du terme ou, si l'on préfère, directement issu de l'Antiquité, la rhétorique est un art, c'est-à-dire une technique et un savoir-faire comprenant une théorie et une pratique : l'éloquence.

Il nous semble que c'est l'encyclopédiste Jean-François Marmontel qui en propose la meilleure définition dans *Le Dictionnaire de la littérature* : « La rhétorique n'est que la théorie de cet art de persuader dont l'éloquence est la pratique. L'une trace la méthode et l'autre la suit ; l'une indique les sources et l'autre y va puiser ; l'une enseigne les moyens et l'autre les emploie ; l'une, pour me servir de l'expression de Cicéron, abat une forêt de matériaux et l'autre en fait le choix et les met en œuvre avec intelligence. La rhétorique embrasse les possibles ; l'éloquence s'attache aux faits qui lui sont présentés ; et c'est ainsi que le premier instinct de l'éloquence naturelle est devenu le plus savant, le plus profond de tous les arts… »

De façon générale, cette conception « classique » repose sur des notions clés directement issues de la pensée grecque et latine ancienne, et plus précisément, sur trois notions exposées par Cicéron quand il affirme que la « rhétorique consiste à prouver la vérité de ce qu'on affirme, se concilier la bienveillance des auditeurs, éveiller en eux les émotions qui sont utiles à la cause », en contradiction avec notre propos liminaire sur le mensonge. Ces « instances oratoires », pour reprendre Michel Meyer, détermineront les genres rhétoriques ou « institutions oratoires » qui, au fil des siècles, seront employés dans les domaines littéraire, politique, juridique et autres.

Quelles sont ces trois notions ? D'abord le *logos*, dans le sens de « discours rationnel » qui permet d'exposer un argument par la logique, de convaincre ainsi son auditoire. Ce type de discours a été initié et promu par Socrate, puis par Aristote. Ensuite, le *pathos*, dans le sens de dimension émotionnelle, dont le but est de charmer et séduire ; il est constitué d'éléments passionnels destinés à engendrer des réactions d'adhésion ou de rejet. L'*éthos*, enfin, notion très appuyée par Cicéron et qui englobe la « dimension de l'orateur », ses vertus, ses mœurs, exemplaires cela va de soi ; il donne à voir une image flatteuse de lui-même, certes, mais qui étaye son discours.

Cette conception, pour le moins complexe, très représentative de la culture occidentale et des modes de pensée, révèle une certaine conception du rapport que l'homme entretient avec lui-même, le monde, la réalité, et de la puissance de la parole à des fins d'adhésion. Elle n'a, dans son extrême complication, que peu de rapport avec d'autres arts oratoires comme ceux de la Chine ancienne, du judaïsme ou du monde indien, même si, par exemple, existaient dans l'islam médiéval et dans l'Empire du Milieu, comme dans la civilisation égyptienne, des arts de la persuasion ou des théories du discours, cependant moins ardus. La rhétorique occidentale est en soi une discipline qui s'est propagée avec une incroyable efficacité, d'abord dans la philosophie puis dans la politique, comme instrument propre à l'art de convaincre, dans l'apologétique ou les œuvres oratoires chrétiennes et surtout dans le droit, au point d'être ensuite exportée dans le monde entier avec une étonnante faculté d'adaptation et d'acculturation.

Reprenons, mais d'un point de vue chronologique. La rhétorique a longtemps été représentée sous les traits d'une femme habillée de blanc, le bras droit en action, comme pour adresser un discours, la main gauche tenant un livre ou un rouleau sur lequel on peut lire le mot latin *suadere* signifiant *persuader*, ainsi que les noms de Démosthène et Cicéron. C'est l'une des neuf muses, fille de Zeus et de Mnémosyne dans la mythologie grecque, répondant au nom de Polymnie, patronyme mélodieux qui signifie « celle qui dit de nombreux hymnes », déesse des chants nuptiaux, de la pantomime et du deuil, mais aussi des thrènes, aussi appelés mélopées, ces lamentations funèbres chantées lors de funérailles. Elle personnifie la rhétorique et la musique car, pour les

Grecs, les deux sont indissociables. Elle est aussi connue chez les Latins sous le nom d'*Eloquentia*.

Cet art de la persuasion s'est développé au sein de sociétés démocratiques avec un droit à la liberté d'expression, de réunion, des droits politiques aristocratiques qui ne concernaient qu'une partie de la population, les citoyens libres. Très tôt, dès le ve siècle avant Jésus-Christ, des philosophes formalisèrent la discipline tant sur le plan théorique que pratique, en proposant nombre de recettes, de manières de procéder, et en l'adaptant surtout à la politique et à la sphère judiciaire. Ils furent suivis par beaucoup d'autres. La rhétorique s'occupa vite de tout : du réel comme du vraisemblable, du possible comme du vrai, de la certitude logique, mais aussi des sentiments, des opinions, du crédible…

La rhétorique apparaît comme discipline autonome au ve siècle avant Jésus-Christ en Sicile, alors colonie grecque, lors de procès judiciaires après les chutes successives de deux tyrans. Bien qu'élus par le peuple, les tyrans exerçaient un pouvoir absolu. Hieron et Gelon avaient, durant leur règne, exproprié de nombreux propriétaires, soucieux désormais de récupérer leurs biens. Il s'agissait alors de convaincre les jurys populaires du bien-fondé des demandes en faisant montre d'éloquence. Corax et son élève Tisias élaborèrent les premières règles d'art oratoire au service des justiciables désireux de défendre leurs intérêts. Le métier d'avocat n'existant pas, les plaignants devaient se défendre eux-mêmes devant un tribunal.

Ces principes destinés à convaincre un auditoire se propagèrent rapidement en Attique. Les sophistes en firent leur métier, notamment Protagoras (père de l'éristique, art de la controverse ou de la discussion), Gorgias (qui travaillait sur le style) ou encore Prodicos de Céos (très épris de grammaire). Ils rendirent la rhétorique populaire en dispensant de nombreux cours. Mais, comme ils diffusaient l'idée que la fonction première du langage était de persuader en inventant des stratégies d'argumentation et non d'expliquer, ils se virent rapidement taxés de manipulateurs. Il se raconte que Protagoras affirmait être capable de pouvoir défendre une thèse et la thèse adverse sur un même sujet! Aujourd'hui encore, le mot « sophisme » désigne un raisonnement séduisant, mais trompeur et fallacieux.

Platon s'éleva contre les sophistes et leur conception de la rhétorique dans deux dialogues: *Gorgias* et *Phèdre* où il explique notamment que la rhétorique use de deux procédés antagonistes: la division et le rassemblement. Il oppose la « rhétorique sophistique », qui a pour objet la vraisemblance et se fonde sur l'illusion, à la « rhétorique de droit » ou « philosophique » qu'il désigne comme « psychagogie », posant que seule la vérité doit être l'objet et le but de toute rhétorique, et qu'on peut l'atteindre grâce à la méthode dialectique où la raison et la discussion conduisent par étapes à la découverte de vérités essentielles.

Élève de Platon, Aristote, au IVe siècle av. J.-C., composa à son tour trois ouvrages majeurs sur la question qui influencèrent durablement l'Occident par une postérité jamais démentie : la *Poétique*, la *Rhétorique* et les *Topiques*. Pour lui, cet « art utile », science oratoire autonome de la philosophie, était « un moyen d'argumenter, à l'aide de notions communes et d'éléments de preuve rationnels, afin de faire admettre des idées à un auditoire ». En réunissant l'ensemble des techniques oratoires connues, Aristote systématisa l'usage de la rhétorique dont il distinguait trois genres en fonction de l'auditoire concerné et d'un effet social précis, de même que chaque discours était pourvu d'un éventail de techniques et de modes de raisonnement.

De grands orateurs ne marquèrent pas de se distinguer dans le sillage d'Aristote : Antiphon, Lysias, Isocrate, Hypéride, Eschine ou encore Démosthène.

Les Romains, qui considéraient que l'éloquence devait être une des qualités premières, avec entre autres la *pietas* (le sens du devoir), la *virtus* (la vaillance et le courage), la clémence et la justice, entérinèrent et augmentèrent cet héritage. Ils firent de l'art oratoire une composante majeure de la vie publique. Comme les Grecs, ils accordaient à la parole, considérée comme le propre de l'homme, une place prépondérante. La rhétorique devint dès lors partie intégrante des « humanités ». Trois grands noms dominaient cette science indispensable : Herennius, Cicéron, Quintilien.

La rhétorique d'Herennius est le premier texte latin, manuel complet datant des années 80 av. J.-C., à proposer un système en trois styles (simple, moyen, sublime) et une synthèse des théories d'Aristote à visée pratique. L'ouvrage, largement diffusé, servira de manuel de base dans les écoles de grammaire du Moyen Âge et de la Renaissance. L'auteur distingue six parties : l'exorde, la narration, la division, la confirmation, la réfutation et la conclusion alors que Cicéron n'en retient que deux fondamentales : l'exposition et la démonstration.

Cicéron, au Ier siècle av. J.-C., à la fois homme politique et grand orateur, reste l'expert en rhétorique le plus célèbre et le plus influent. Parmi ses œuvres majeures, citons le *De inventione oratoria* et le *De Oratore*, un traité complet présenté sous forme de dialogues, les *Topiques,* rhétorique des lieux communs très lue jusqu'à la Renaissance, le *Brutus*, histoire des orateurs grecs et latins, l'*Orator ad Brutum*, un exposé des qualités nécessaires à l'orateur idéal. Ces traités furent complétés par un nombre impressionnant de discours et de plaidoiries qui posèrent les bases de l'éloquence latine pour des siècles. Ils influencèrent durablement saint Augustin et donc, par voie de conséquence, toute la pensée chrétienne de l'Europe. La tradition cicéronienne constitua aussi un terreau fertile pour la démocratie américaine comme pour le droit germano-latin.

Quintilien enfin, au Ier siècle apr. J.-C., plaçait la rhétorique comme science fondamentale et affirmait : « L'éloquence comme la raison est la vertu de l'homme. » D'abord plaideur dans un tribunal, l'empereur Vespasien créa pour lui une chaire de rhétorique à Rome, tant sa réputation était immense. Son œuvre majeure, *Institutio oratoria*, c'est-à-dire *L'Institution oratoire*, constituait un gigantesque traité où il recensa opinions et doctrines des grands prédécesseurs ainsi que nombre de discussions en vue de l'entraînement pour devenir un rhéteur accompli, et ce, avec un apprentissage commencé dès le plus jeune âge. Il distinguait cinq phases d'entraînement qui deviendront, pour des siècles, les parties fondamentales du système rhétorique : l'invention (*inventio*), la disposition ou plan (*dispositio*), le style ou figure de style (*elocutio*), l'apprentissage par cœur ou art mnémotechnique (*memoria*), et la récitation du discours (*actio*).

La formation de l'orateur avait pour but premier de former des citoyens politiquement responsables, actifs et très soucieux de la chose publique.

Cicéron et Quintilien ajoutèrent une dimension supplémentaire : l'authentique orateur devait nécessairement être homme de bien, car la véritable éloquence ne pouvait être dissociée de la conscience morale.

Le Moyen Âge fit de la rhétorique une discipline à part entière intégrée aux arts libéraux (grammaire, dialectique, rhétorique), constituant ainsi le fameux *triumvir*, socle d'enseignement des écoles cathédrales et monastiques qui formaient non seulement le clergé, mais aussi les hauts fonctionnaires, les magistrats, les diplomates, les cadres et les officiers. Une large part de cet enseignement s'orientait vers l'écriture de sermons, de prêches, d'homélies où une parfaite connaissance de la Bible se mêlait à celle des auteurs antiques et de leur style.

La Renaissance réactiva tous ces principes par le biais de la poétique, tandis que les érudits lui préféraient la grammaire comme les traités de Donat ou encore la logique héritée d'Aristote qui absorbait alors l'essentiel des sciences du langage. Parmi les parties distinguées par Quintilien, *l'inventio* s'attachait désormais à la poétique alors que *l'elocutio* était plus directement affiliée à la théologie. La dialectique prit ainsi le pas sur la rhétorique et propulsa l'argumentation en discipline autonome. Érasme fut sans conteste l'un des plus grands esprits de cette période bouillonnante où la place même de l'homme tenait plus que jamais à un usage spécifique de l'éloquence. Son *De Duplici Copia Verborum et Rerum* fut publié en 1512 à une époque où le latin était encore une langue qui ne se perdait pas dans trop de subtilités théoriques, mais préférait proposer une analyse plus classique de « la matière et de la forme du texte », la fameuse *Res verba.* Destiné aux étudiants, il y traitait bien évidemment de l'*elocutio* et montrait comment utiliser efficacement les tropes, c'est-à-dire les figures de rhétorique par laquelle un mot (ou une expression) est détourné de son sens propre, telles que la métaphore, la métonymie, etc., et les lieux communs. Il s'attacha ensuite à l'étude de l'*inventio* et développa la notion de variation. Somme toute, il offrait un ensemble cohérent et accessible de recettes pour éviter les répétitions, la paraphrase et proposait un ensemble de moyens pour empêcher l'ennui et introduire une grande variété dans le texte. Une autre œuvre influencera durablement l'enseignement et la pratique de la rhétorique, *L'Éloge de la Folie*, toujours d'actualité, car l'emploi qu'il faisait de l'allégorie et surtout de l'ironie renouvela autant qu'il stimula les mentalités.

Les écrivains et poètes de la Pléiade, au XVIe siècle, apportèrent eux aussi une impulsion nouvelle. Ces jeunes gens nourris de culture humaniste, instruits par l'illustre helléniste Jean Dorat, formaient un groupe très unitaire d'intellectuels et de poètes unis sous l'égide de Ronsard par la volonté commune de donner à la littérature française ses lettres de noblesse. Pour ce faire, ils enracinaient la création littéraire dans l'héritage antique, déterminant une filiation en promouvant une éloquence « nationale ». Sébillet par exemple publia un *Art poétique français pour l'instruction des jeunes étudiants* dans lequel il exaltait la poésie latine, mais aussi Villon ou le « divin Marot ». Du Bellay s'engagea avec fougue dans le « renouveau » littéraire français, qu'il inscrivit dans une tradition active. Il publia sa célèbre *Défense et illustration de la langue française* (1549). Il préconisait d'employer des néologismes, d'emprunter au latin et aux langues régionales, de recourir à des figures de style variées pour enrichir et augmenter l'expressivité de la langue française. Le français devait, dans leur esprit, devenir

« illustre » et, dans ce but, Ronsard par exemple écrivait dans la préface de *La Franciade*, concernant les œuvres et les discours, qu'il ne fallait pas négliger, de les orner et enrichir « de figures, schèmes, tropes, métaphores, phrases et périphrases eslongnées [éloignées] presque du tout, ou pour le moins séparées de la prose triviale et vulgaire (car le style prosaïque est ennemy capital de l'éloquence poétique) et les illustrant de comparaisons bien adaptées, c'est-à-dire enrichies de passements, broderies, tapisseries et entrelacements, tant pour présenter la chose que pour l'ornement et splendeur des vers ».

La fondation du groupe de grammairiens du Collège de Presles en 1545, sous l'impulsion de Pierre de la Ramée, dit Ramus, marqua à partir de 1562 la fin de la rhétorique comme discipline majeure puisqu'elle la réduisit à l'emploi de l'élocution et à un inventaire des figures, notamment dans les *Ciceroniarus*, qui proposait une typologie des tropes et une liste des procédés d'éloquence.

Le renouveau vint d'Angleterre avec George Puttenham qui classa les tropes en fonction de l'effet qu'ils produisaient sur le lecteur, de la simple mémorisation au plaisir, à l'émotion pure ; cette conception inaugure une poétique, sinon une « stylistique » de la rhétorique. Mais le renouveau vint surtout d'un ordre religieux dont l'action, la pédagogie d'une redoutable efficacité, transformera durablement les mentalités : les jésuites. En France comme dans la totalité de l'Europe, ils inondèrent le marché de quantité d'ouvrages pédagogiques en latin, en adaptant le schéma d'analyse d'Aristote aux attentes et exigences de leur temps, sans cesser de l'améliorer. La conception jésuite posait les fondements d'un enseignement qui sera utilisé jusqu'au XIXe siècle, en théorisant notamment les exercices de composition littéraire. Parmi les incontestables succès, il faut citer *La Rhétorique ou l'art de parler* de Bernard Lamy (1675), prêtre oratorien, et, avant lui, *La Rhétorique française* de René Bary, dont l'ouvrage, paru en 1653, s'adressait au public féminin des Précieuses. Lamy initia un tournant majeur puisqu'il fut le premier à exprimer une réflexion sur le langage lui-même et non plus uniquement sur la forme. Cette nouvelle conception, qui estimait que la rhétorique émanait des passions, qui insufflait au discours sa force et permettait à l'orateur de traduire et transmettre ses sentiments, ne cessera d'inspirer des auteurs et penseurs tels que Condillac, Diderot et Rousseau.

Un très grand nom vint, sous Henri IV puis Louis XIII, révolutionner l'éloquence : Guillaume du Vair, à la fois prélat, homme politique, moraliste et surtout magistrat. Pénétré de la conception stoïcienne de « la condition humaine », tournée vers la responsabilité et le devoir civique, il synthétisa l'esprit des rhéteurs jésuites et condamna avec virulence la corruption de l'éloquence, les intrigues des courtisans dans son *Exhortation à la vie civile* (1606). Avant cela, il publia en 1594 un *Traité de l'éloquence française et des raisons pour lesquelles elle est demeurée si basse.* Tout un programme… L'influence de ce grand juriste nommé garde des Sceaux fut égale à son esprit novateur qui toujours conjuguait pragmatisme et rigueur morale. Représentant d'une ligne légaliste, tourné vers la pacification, ce catholique, qui sera également évêque de Lisieux et président du Parlement de Provence, fut en somme le père fondateur de l'éloquence judiciaire française. En face de lui, le protestant hollandais, universitaire et théologien humaniste Gérard Vossius, auteur notamment d'un *De Rhetorices natura,* demeurera la référence majeure d'une rhétorique éthique propre à la Réforme, fondée sur le libre arbitre religieux.

L'expansion de la sensibilité baroque se manifesta alors dans certaines publications monumentales, dont l'encyclopédie en seize volumes de Nicolas Caussin publiée en 1619, *Parallèles des éloquences sacrée et humaine.* L'action conjuguée du pouvoir de la langue et de la rhétorique initia un nouveau moyen d'intégration sociale, un moyen de parvenir, et l'apanage d'un milieu cultivé et puissant : les courtisans. L'avènement de cette rhétorique de Cour, typiquement française, se fondait sur la clarté et devint un modèle pour l'Europe entière. Parmi les œuvres dont l'influence sera capitale dans la formation d'une éloquence et d'une manière d'être, *L'Homme de cour,* du jésuite espagnol Balthazar Gracian, occupait la première place. Son livre trônait sur toutes les tables princières et royales, comme *Le Prince* de Machiavel. Plus encore, en réaction aux débordements baroques, le classicisme, intimement lié à la naissance de l'absolutisme, mettait en avant le modèle de l'« honnête homme » qui privilégiait la forme au détriment de l'éthique du discours. Malherbe et Corneille incarnent à merveille ce nouveau type d'homme de lettres qui exalte la clarté, la fluidité et la rigueur françaises. Il s'agissait dès lors de promouvoir un mode de vie et de pensée fondé sur des règles sociales – politesse, honneur, bienséance, autorité (du souverain comme de sa religion). Au foisonnement baroque répondait dorénavant le conformisme, sensible dans certaines œuvres comme les *Remarques sur la langue française utiles à ceux qui veulent bien parler et bien écrire* de Claude Favre de Vaugelas, parues en 1647, douze ans après la fondation de l'Académie française, temple du classicisme. Boileau devint l'incarnation de ce nouveau modèle officiel en traduisant le *Traité du sublime* attribué à Longin et en publiant son *Art poétique*, plaidoyer pour la suprématie d'une rhétorique classique dont le but était de plaire pour toucher. Les prélats ne furent pas en reste et aussi bien le cardinal de Bérulle, initiateur de l'École française de spiritualité, encore empreinte d'une esthétique baroque difficile d'accès, que saint François de Sales, plus simple et proche de la langue classique, notamment avec son *Introduction à la vie dévote*, régénérèrent l'éloquence religieuse, avant que Bossuet, Massillon et Fénelon ne posent les bases d'une éloquence sacrée toute classique. Publiés en 1718, les *Dialogues sur l'éloquence* de Fénelon, imités de Platon, abordaient l'éloquence en général dans les deux premiers et l'éloquence religieuse dans le troisième. Sans doute s'agissait-il de la première rhétorique moderne où l'auteur affirmait qu'« un discours n'est éloquent qu'autant qu'il agit dans l'âme de l'auditeur » : il fait appel à ses passions qui le persuadent d'agir. Pour lui, « l'éloquence consiste, non seulement dans la preuve, mais encore dans l'art d'exciter les passions. Pour les exciter, il faut les peindre ; ainsi, je crois que toute l'éloquence se réduit à *éprouver*, à peindre et à toucher ». Ce prédicat de la passion et du sentiment annonçait la volonté ultérieure de libérer ses idées personnelles et ses émotions comme le feront Rousseau et les préromantiques. Cette conception s'opposait à une rhétorique mise au service du pouvoir et non des valeurs personnelles. Elle contenait en elle le risque d'en être l'affiliée, de mentir pour plaire, d'enjoliver pour mieux tromper.

Nous ne résistons pas au plaisir de revenir ici sur une scène savoureuse du film de Patrice Lecomte, *Ridicule*, moment d'anthologie du cinéma qui illustre à la perfection notre propos. Par vanité, autant que pour plaire au roi Louis XVI et parvenir, l'abbé de cour de Villecourt, finement campé par Bernard Giraudeau, se lance dans un sermon très théâtral, salmigondis de concepts philosophiques mal maîtrisés destiné à prouver l'existence de Dieu.

— Bravo, Villecourt, c'est lumineux !

Ne se sentant plus, l'abbé rétorque :

— Ce n'est rien. J'ai démontré ce soir l'existence de Dieu. Mais... je pourrais tout aussi bien démontrer le contraire... quand il plaira à sa Majesté ! Ha ! Ha ! Ha !

Le Roi se lève et quitte la salle, outré, accompagné de la cour.

— Majesté... ça n'était qu'un trait d'esprit..., tente en vain Villecourt, comprenant trop tard que sa chute est consommée.

Cette rhétorique jugée factice fut vivement condamnée par la Révolution qui l'associait à l'Ancien Régime, au point que l'enseignement même de la rhétorique sera banni des écoles jusqu'en 1814. Les grands discours de révolutionnaires comme Robespierre et Danton, tous deux avocats, s'opposaient ainsi à l'esprit encore teinté d'Ancien Régime d'un Mirabeau, en privilégiant la dimension éthique, collective, nationale même pourrait-on dire, la clarté de la thèse fondée sur une raison souveraine. Le français devint alors le symbole de l'incorruptibilité révolutionnaire.

Le XVIIIe siècle, qui abonde en traités d'éloquence, voit également naître des ouvrages théoriques qui, comme celui de Dumarsais paru en 1730, *Le Traité des Tropes*, s'attachaient à définir les principales figures de rhétorique présentes dans le discours. Ce travail systématique d'un genre nouveau marqua le divorce entre l'art oratoire et l'art poétique en exposant la particularité du style figuré, ordinaire à l'écrit comme à l'oral. Le trope qu'il ne distingue pas de la figure de style est défini comme l'une des figures par lesquelles on fait prendre à un mot une signification qui n'est pas précisément sa signification propre, comme un glissement en somme, une altération. Il préparait en quelque sorte le chemin à un autre grand grammairien, Pierre Fontanier, qui étudia de façon systématique l'emploi des figures de style dans *Manuel classique pour l'étude des tropes* (1821), *Des figures autres que tropes* (1827) puis *Les Figures du discours* qui formeront durant tout le XIXe siècle la base théorique de l'enseignement de la rhétorique. Sa rigueur et sa précision serviront de modèle, jusque dans les années 1980, à l'étude de la stylistique du français. À la même époque, la rhétorique perdit son statut d'art noble au profit de la poésie ; elle devint un simple instrument oratoire au service du politique, dans la ligne des révolutionnaires. Seule la frange des catholiques conservateurs et légitimistes conservait la dimension de la tradition éthique telle que dans l'ouvrage d'Étienne Antoine Boulogne, *Décadence de l'éloquence* (1818). Les manuels de rhétorique classiques ne cessaient par ailleurs d'être diffusés dans l'Europe entière, notamment grâce aux conquêtes de Napoléon.

Un mouvement, lui aussi révolutionnaire, va déclarer la guerre à la rhétorique classique : le romantisme, dont le chef de file Victor Hugo devint le principal acteur, concept qu'il propage dans les *Contemplations,* comme dans *Hernani.* Hugo s'attacha à définir le style littéraire en fonction du respect de trois critères, très éloignés des principes de la rhétorique ancienne conçue comme archaïque : la correction, « indispensable mérite d'un écrivain dramatique », la simplicité « vraie et naïve », la grandeur, ou art de toucher à des sujets universels. Il s'éloignait en cela des trois styles promus dans la *Rhétorique à Herennius :* le « style noble » ou « grave » qui vise à émouvoir ; le « style simple » ou « tenu » qui permet d'informer ou encore d'expliquer ; le « style agréable » ou « medium » qui privilégie l'anecdote et l'humour. Quintilien, lui, estimait que « la clarté » était « la première qualité de la parole » et qu'elle consistait d'abord en la capacité d'adapter son style à l'auditoire. Deux conceptions s'affrontaient.

Bien que cette attaque en règle procédât d'une intention esthétique, il convient de rappeler que les critiques contre la rhétorique sont aussi vieilles que la rhétorique elle-même et font d'ailleurs partie de son enseignement. Cette dénégation du savoir-faire par ceux-là mêmes qui en possèdent les subtilités ne doit pas faire oublier que, quoi qu'on fasse, on ne peut échapper à l'ensemble des règles qui régissent le discours. En fait, tout au long de son histoire, la rhétorique fut l'objet d'une permanente tension entre deux conceptions antagonistes : la première comme art de persuader et la seconde comme art de l'éloquence. Et quand bien même voudrait-on privilégier un simple discours privé du plus d'effets possible, que l'on continuerait de faire de la rhétorique, un peu comme Monsieur Jourdain faisait de la prose sans le savoir, ou comme certains qui pensent que ne pas livrer son opinion politique serait ne pas faire de politique.

La charge des Romantiques, qui étaient de grands stylistes, gagna la sphère politique et entraîna la suppression de la rhétorique traditionnelle des programmes de l'enseignement supérieur, en tant que fondement du système éducatif classique par Jules Ferry en 1885, sans doute avec un esprit proche de celui des orateurs de la Révolution qui voyaient dans cet enseignement un reliquat de la monarchie et de son pouvoir sur la langue. Ils furent aidés en cela par les historiens, alors très anticléricaux, qui estimaient cette discipline, entachée de bigoterie jésuite, à l'opposé des valeurs de la République. Pour preuve, cet extrait du discours d'Ernest Renan, en cette même année 1885, à l'occasion de la réception de Ferdinand de Lesseps sous la coupole de l'Académie française : « Vous avez horreur de la rhétorique, et vous avez bien raison. C'est, avec la poétique, la seule erreur des Grecs. Après avoir fait des chefs-d'œuvre, ils crurent pouvoir donner les règles pour en faire : erreur profonde ! Il n'y a pas d'art de parler, pas plus qu'il n'y a d'art d'écrire. Bien parler, c'est penser tout haut. Le succès oratoire et littéraire n'a jamais qu'une cause, l'absolue sincérité. »

Plus encore, le romantisme estimait que l'art oratoire était une entrave, une contrainte à l'expression de la liberté d'écriture de l'écrivain et à son inspiration. La rhétorique devint un vieil outil jadis approprié selon eux au mensonge, à l'emphase, à la facticité, qui empêchait un esprit de s'émanciper de règles étouffantes et l'éloignait de la possibilité d'accéder à la vérité absolue.

Le XIXe siècle, sous l'effet entre autres de l'alphabétisation croissante de la population, a vu se développer la presse à grande diffusion. L'imprimé s'était alors progressivement substitué à la parole et au discours. Les avocats s'adonnaient également au journalisme politique en qualité d'éditorialiste ou de chroniqueur. Ainsi, la plupart des grands noms du barreau se commettaient dans les gazettes et finissaient tout naturellement sur les bancs de l'Assemblée nationale. Une tendance lourde qui perdura jusqu'à la fin de la Troisième République.

Dans les années 1840, en pleine tourmente romantique, parut en plusieurs volumes une *Encyclopédie morale du XIXe siècle*, également titrée *Les Français par eux-mêmes*, qui fit appel à de nombreux écrivains célèbres – Balzac, Gautier, Nerval, etc. – pour composer un vaste panorama du pays de l'époque, satirique, caustique, jubilatoire. Le portrait de l'avocat, surnommé Me Robinet, référence à peine voilée au distributeur d'eau tiède, signé Old Nick, pseudonyme du critique Émile Durand Forgues, n'a rien à envier à celui de La Bruyère. Nous ne résistons pas au plaisir d'en partager un vaste extrait.

« Joueur excellent, habile à exploiter le régime politique, médiocre dans la causerie, écrivain de pacotille et littérateur pitoyable, Robinet contribuera-t-il à augmenter ou à débrouiller cette masse informe de connaissances hétérogènes qu'on est convenu d'appeler la *science* du droit ? Non, vraiment ; il n'a ni l'isolement ni le repos nécessaires pour acquérir une profonde érudition théorique, ni surtout le goût et le désir de savoir autre chose que ce dont, au fur et à mesure de ses nécessités quotidiennes, il peut faire immédiatement emploi. Aussi a-t-il le plus profond mépris pour l'École et ses subtilités de doctrine [...] Par compensation, Ovide n'est pas éloquent : il a même en aversion l'éloquence proprement dite ; et il a raison. Ajoutée à ses autres fatigues, l'inspiration de l'orateur le mettrait en huit jours au cercueil. L'orateur, en effet, n'aborde la parole qu'avec un tremblement intime, car il sait qu'il va terriblement souffrir ; qu'un tourment semblable à celui de l'antique pythonisse va crisper ses nerfs et faire bouillonner dans ses artères un sang enflammé, qu'une lutte acharnée entre la Pensée et le Verbe va se livrer dans sa poitrine grosse d'orages. [...] L'indignation lui vient à propos, et entre deux pauses adroitement ménagées. Cette colère qui l'agite, il en avait besoin pour assurer sur ses jambes quelque dilemme boiteux. Il s'attendrit... vous pouvez hardiment jurer qu'il voit sa cause perdue en droit. Dans les rares occasions où il exhume ainsi les anciennes ressources de la comédie oratoire, ne vous prenez pas, de grâce, aux chevrotements de cette voix émue, à ces lèvres qui tremblent, à ces accents si profonds : ne donnez pas dans tout ce désordre dont chaque effet est calculé d'avance. Dût-il pleurer, dût-il s'évanouir, gardez à d'autres qu'à Robinet l'aumône de votre compassion et les sympathies de votre sensibilité crédule. [...]

« Tel est aujourd'hui Me Robinet : l'honorable Robinet sera demain un tout autre personnage.

« Devenu législateur, notre homme, s'il n'abandonne pas entièrement le Palais, y paraît du moins à de beaucoup plus rares intervalles. Il donne, on le voit, à sa parole un prix plus haut, et ne la prodigue plus aux difficultés procédurières de la saisie, aux contestations assises sur l'étroit chaperon d'un mur mitoyen. Des intérêts majeurs, un scandale extraordinaire ou un procès de presse l'arrachent seuls à la majesté de son repos : dans le premier cas, soigneux de sa fortune ; dans le second, de sa renommée ; dans le troisième, de sa position politique. »

Cette lente désaffection, qui flirtait avec une tentation d'exclusion, aurait pu être fatale et définitive. La rhétorique deviendra pourtant, au XXe siècle, un sujet d'étude réservé aux spécialistes. Et il faudra attendre la parution du *Traité de l'argumentation, la nouvelle rhétorique* de Chaïm Perelman en 1958 pour assister à une résurrection que rien ne laissait présager. Le philosophe s'inscrit dans la continuité de la plus ancienne tradition, celle d'Aristote et d'Isocrate, et reprend la distinction entre raisonnement analytique, étudié par la logique, et raisonnement dialectique qui sera dévolu à la rhétorique, dont le point de départ est la recherche d'un fondement pour les jugements de valeur. Les deux disciplines distinctes sont cependant comprises comme complémentaires. De nouvelles approches sont alors devenues possibles, que ce soit avec les membres du groupe μ ou des philosophes tels que Meyer, Reboul ou Angenot.

À partir des années 1970, la Société internationale pour l'histoire de la rhétorique, fondée par Marc Fumaroli, expert s'il en fut, avec le concours de Brian Vickers et Nancy Struever, réactiva l'intérêt pour le domaine et incarna un véritable « tournant rhétoricien » qui s'appuyait à l'origine sur des études touchant la Renaissance et le classicisme. Cette école française de rhétorique connut la consécration par la création d'une chaire au Collège de France. À cette renaissance active s'agrègeront notamment les travaux de Georges Dumézil sur la mythologie indo-européenne et les recherches du philosophe Jacques Derrida sur la voix, ou encore celles de Roger Zuber sur le XVIIe siècle pour ne citer qu'eux. Les approches issues du structuralisme, et qui donnèrent naissance à l'analyse des techniques de persuasion à travers une démarche sémiologique nourrie de l'approche dite communicationnelle, s'illustreront par la sémiologie de Roland Barthes, qui place le discours rhétorique au centre de la société de consommation. Il y voit un « instrument de pouvoir », « un objet idéologique », une codification sociale, voire une confiscation politique du langage. Ou encore dans les diverses métamorphoses du discours amoureux, que par les travaux de Vance Packard dans *La Persuasion clandestine* (1958).

L'éloquence serait-elle à la croisée des chemins? Pour beaucoup, elle n'est plus à la mode, plus de mise, pour une raison simple : ceux qui parlent bien sont pris, aujourd'hui, soit pour des manipulateurs soit pour des menteurs. Pire encore : des faiseurs. Rien n'est plus faux. Les orateurs connaissent non seulement les rouages de la rhétorique, mais encore les subtilités de la psychologie humaine. Ils parlent dans un but bien déterminé et organisent leur discours en fonction de ce dessein et de lui seul. En un mot, ils sont redoutables et donc souvent redoutés. En politique, nombreux sont ceux qui s'expriment dans un français basique, prétendument accessible à tous. Ils emploient des phrases simples, dans un langage volontairement ordinaire pour ne pas dire trivial. Ils veulent être compris du peuple et pensent que la meilleure façon d'y parvenir est de parler comme l'homme de bistrot. Parler populaire pour se faire aimer du peuple. Leurs discours, souvent écrits par d'autres, ne sont délibérément pas « brillants ». Ils pourraient l'être. Mais ils préfèrent une communication susceptible de retenir le plus grand nombre. Nous ne savons pas si le calcul est bon. L'auditeur certes comprend, mais la plupart du temps il n'est ni séduit ni convaincu. Et il continue de penser en son for intérieur que l'orateur lui ment, avec des mots qu'il aurait employés. La désaffection d'un grand nombre de citoyens pour la politique, voire le rejet pur et simple – il suffit pour s'en convaincre d'observer le taux d'abstention élevé élection après élection – en est la traduction. Pour certains, le sens des mots peut vite se parer d'attributs péjoratifs comme pour discréditer celui qui en fait un usage un peu trop appuyé ou qui manœuvre : un séducteur éloquent risque ainsi d'être taxé de beau parleur. Et ce qui est valable pour tout prétendu Casanova, parfois de pacotille, peut l'être pour un politicien, un magistrat ou un avocat : savoir trop bien parler contient le risque d'être aussi pris pour un manipulateur, un expert dans l'art d'enjoliver, avec ce que cela suppose d'hypocrisie. C'est le cas de la repartie de Philinte : sur fond d'amour courtois revu et corrigé par la morale des Précieuses, il devient fort ardu d'être cru sur parole ; la sincérité du propos est souvent mise à partie, teintée d'un doute qui la discrédite. L'éloquence peut être chargée de connotations négatives pour peu que l'on mette en doute la capacité réelle de la communication humaine d'établir une vérité, comme si le discours de persuasion fondé sur l'appel aux passions s'opposait à une discussion rationnelle, par définition plus « froide », distanciée.

Certains emplois du terme soulignent une tentation au factice. Ainsi Léautaud, dans son *Journal,* écrit-il : « Le vrai talent littéraire, c'est d'écrire des livres comme on écrit des lettres, absolument. Tout ce qui n'est pas cela n'est que pathos, prose, rhétorique, enflure. » Le culte du naturel, de la simplicité, s'oppose ici à la tentation du fabriqué pour séduire. Ce dépouillement volontaire serait l'opposé de la rhétorique, y compris pour quelques philosophes. C'est le cas de Thomas Hobbes qui écrit à la fin de *Léviathan* : « Il n'y a rien dont je me méfie plus que mon élocution », c'est-à-dire sa capacité à user de l'éloquence comme d'un masque, et non comme le fidèle traducteur de sa pensée profonde. On comprend ainsi pourquoi La Rochefoucauld, si pessimiste de nature, conseillait : « La véritable éloquence consiste à dire tout ce qu'il faut et à ne dire que ce qu'il faut. » Question de pondération, mais aussi de mesure, pas d'outrance, seulement un « art d'embellir la logique », disait Diderot, sans perdre de vue le but de son discours, sans jamais trahir son moi profond, ses intimes convictions. Être cru sur parole, voilà l'enjeu. Il n'est pas mince, surtout à notre époque où la parole politique est, si l'on en croit les sondages, totalement discréditée et avec elle celle des journalistes, des commentateurs, sinon de l'ensemble du corps judiciaire. En somme, pour « être cru sur parole », un préalable s'impose : que la parole ait encore un pouvoir, qu'elle ait un poids, qu'elle soit valide et reconnue dans son autorité. Notre époque, et ce depuis un long moment, ne considère plus la puissance du langage comme une évidence, mais plutôt comme un « enfumage », une manière de tromper en sacrifiant à la « bien-pensance », au politiquement correct, à une version linéaire et insipide de la réalité.

Cette dérive appelle un renouveau de l'art de convaincre et d'être cru, une permanente adaptation de l'ordre du discours à des fins claires au service du bon sens.

Mais la plupart du temps, et malgré cet affaissement de la puissance du langage, l'homme de la rue reste fasciné par l'art du tribun, ou de celui qui fait montre d'une verve qui l'enchante par sa pertinence autant que par sa force, sa facilité d'élocution, son à-propos, son naturel apparent... Ce n'est pas non plus sans raison que l'on a vu refleurir des concours d'improvisation, nommés désormais « *battles* » – pour sacrifier à l'hégémonie d'un anglais tout-puissant. Et ces batailles d'un genre nouveau, souvent médiatisées, mettent en lice des candidats très jeunes qui s'exercent à l'art de séduire et de convaincre par des propos construits avec art ; on s'étonnera que ce genre de performance trouve aussi aisément son public. Ce n'est pas non plus sans raison que l'on a pu voir Joey Starr lire, en 2017, au théâtre de l'Atelier à Paris, quelques-uns des plus beaux discours de parlementaires prononcés à l'Assemblée nationale, de Lamartine à Simone Veil en passant par Tocqueville, Hugo, Césaire. Le succès fut au rendez-vous, car lire ou plutôt déclamer ainsi de grands discours, pour le moins éloquents et marquants, correspondait sans doute à une attente.

L'éloquence et donc les techniques qui en assoient l'efficacité ont connu des périodes de discrédit, comme un affaissement de son pouvoir, des hauts et des bas, mais cet art de la parole à nul autre pareil ne cesse de ressusciter de ses cendres. Comme s'il était impossible de s'en passer pour qui veut, par son discours, imposer sa vision du monde, la réalité des faits. Demeure encore aujourd'hui « la représentation ambiguë, voire caricaturale, de la rhétorique conçue soit comme art de la tromperie, soit comme art de l'évidence », explique Emmanuelle Danblon, professeur de rhétorique à l'université libre de Bruxelles. Cette dualité tend à écarteler la discipline, d'un côté vers la persuasion transformée en manipulation, de l'autre vers la preuve conçue selon les canons de la démonstration. Dualité que l'on retrouve d'ailleurs dans notre Code pénal concernant l'intime conviction qui vient pallier l'absence de preuves. « Ces deux représentations divergentes, poursuit l'auteure, se sont transmises au cours des siècles. Ainsi, le problème des rapports entre preuve et persuasion ne peut guère faire l'économie des différentes représentations auxquelles la rhétorique a donné lieu au cours d'une période donnée. En conséquence, la réflexion sur la rhétorique est dès le départ indissociable de la conception que la société se donne de la raison, de la rationalité, de sa façon d'interagir avec son environnement. » Emmanuelle Danblon poursuit sa thèse pour conclure que la rhétorique « est l'art de fournir des pièces à conviction, des arguments et des justifications toujours sujets à révision, certes, mais dont les critères de persuasion ne sont pas entièrement arbitraires. Ils prennent leur racine dans une raison archaïque encore vivace. Celle-ci servirait en quelque sorte de garde-fou à la découverte des sophistes que le langage n'est pas le miroir de la réalité. L'art de la persuasion est l'art de faire rationnellement "comme si" le monde avait du sens. Et l'exercice collectif de cet art pourrait être le critère, éprouvé dans la *praxis*, que pour les hommes réunis en assemblée, tout compte fait, le monde a du sens ».

Quel que soit le brio d'un morceau d'éloquence, deux camps semblent à tout jamais s'opposer : celui de ceux qui acceptent de se laisser convaincre par un discours rationnel, étayé, qui avance des preuves, des arguments, selon un ordre factuel impeccable et celui de ceux qui, souvent sans savoir qu'ils sont le jouet d'une victimisation devenue banale, doutent, se méfient, craignent la manipulation, voire le complot, estiment que plus un discours est séduisant, plus il est le fruit d'un beau parleur, qui place son intelligence au service d'un art de mentir. Non que ces deux groupes soient irréconciliables ou incapables d'évoluer ou de se comprendre – sauf dans le cas de complotistes qu'une argumentation jamais ne convaincra –, mais ils attestent sans le savoir l'ambiguïté qui règne aujourd'hui dans tout auditoire.

Le talon d'Achille de toute éloquence est la tentation de la facticité. Il semble donc que le moyen le plus adapté pour être convaincu par un discours éloquent est encore celui avancé par Blaise Pascal dans *L'Art de persuader*, et qui n'a rien perdu de son actualité : « Personne n'ignore qu'il y a deux entrées par où les opinions sont reçues dans l'âme, qui sont ses deux principales puissances, l'entendement et la volonté. La plus naturelle est celle de l'entendement, car on ne devrait jamais consentir qu'aux vérités démontrées ; mais la plus ordinaire, quoique contre la nature, est celle de la volonté ; car tout ce qu'il y a d'hommes sont presque toujours emportés à croire non pas par la preuve mais par l'agrément. » Cet art, par destination discret, et qui présume de bien connaître les hommes, suppose que les idées doivent s'infiltrer au lieu de s'imposer et pour cela, il faut avec art faire oublier que l'on veut convaincre. « Éloquence qui persuade par douceur, non par empire, en tyran [nous l'avons vu : élu par le peuple, mais qui exerce un pouvoir absolu] et non en roi », affirme encore Pascal. Ou encore : « Quand on veut reprendre avec utilité et montrer à un autre qu'il se trompe, il faut observer par quel côté il envisage la chose, car elle est vraie ordinairement de ce côté-là, et lui avouer cette vérité, mais lui découvrir le côté par où elle est fausse. » En ces termes, Pascal rejoint Socrate en promouvant une « maïeutique », une mise en forme de pensées confuses par le dialogue ; il conseille de s'adapter à son interlocuteur et, par conséquent, à son auditoire. Il convient également de faire preuve d'ordre dans sa démonstration, ce qui suppose de la rigueur sans jamais perdre de vue le but à atteindre et donc les moyens pour y parvenir : le sujet (l'*inventio* de la rhétorique théorisée par Quintilien) doit correspondre à une organisation, un plan précis et adéquat (la *disposition*), sans jamais oublier de mettre son interlocuteur en condition d'avoir envie d'en entendre parler. Ensuite, il faut faire montre de naturel (et dans l'esprit commun, il est l'ennemi de la rhétorique en pensant que l'éloquence est justement outrée ou artificiellement construite), cela suppose de masquer la technique pour donner à son discours une allure fluide et improvisée, éviter le pédantisme, les termes bizarres, le jargon, travailler son style (l'*elocutio* de la rhétorique traditionnelle), ce qui signifie qu'en fin de compte le « naturel » est le fruit d'un travail, d'une maîtrise, employer le mot juste, viser la concision, la pertinence, « savoir placer la balle » pour bien se faire comprendre, et enfin favoriser la variété : « L'éloquence continue ennuie. Les princes et rois jouent quelquefois. Ils ne sont pas toujours sur leurs trônes. Ils s'y ennuient. La continuité dégoûte de tout. Le froid est agréable pour se chauffer. » L'exemple de Pascal illustre à merveille que ce qui fonctionnait hier, de l'Antiquité au Moyen Âge, contenait des failles, et les principes qu'il développe adaptent les vieilles recettes pour en accroître l'efficacité. Il est en ce sens très représentatif du génie et de l'adaptabilité de l'éloquence et des lois de la rhétorique, surtout en promouvant des avis sur la possibilité de convaincre les plus rétifs ou les plus suspicieux. Et en ce sens son actualité est incontestable.

Le regain d'intérêt au XXe siècle pour l'éloquence, et donc pour les techniques et l'histoire de la rhétorique, traduit peut-être d'abord une nostalgie plus qu'une attente : l'hégémonie des médias et des écrans ne dispose pas à l'exercice d'une rhétorique de la persuasion, le *tweet* favorise l'aphorisme ou le style télégraphique plus que l'épanchement émotionnel. Comment se faire bien comprendre aujourd'hui à l'heure du discrédit généralisée de la parole publique ? Comment convaincre ? En usant de quel moyen ?

Il suffit parfois de peu de chose pour emporter une décision favorable.

Thierry Lohro, ancien agent de la DGSE (Direction générale de la sécurité extérieure), s'est retrouvé au cœur d'une affaire d'espionnage visant Greenpeace. En tant que fondateur de la société de conseil Kargus, il avait été mandaté en 2006 par EDF pour mener une opération d'infiltration des systèmes informatiques de l'organisation environnementale afin de prévenir d'éventuelles intrusions de Greenpeace dans ses centrales nucléaires. Il a été renvoyé devant un tribunal correctionnel pour « complicité et recel d'intrusion frauduleuse informatique » et placé sous contrôle judiciaire avec interdiction de rencontrer d'autres protagonistes de l'affaire en attendant le procès. Il était surveillé par la police. Et voici qu'il croise inopinément et malencontreusement ceux-là mêmes qu'il ne devait pas approcher, autour d'une bière dans un café en face du tribunal. Il a donc été interpellé en violation du contrôle judiciaire, qui risquait d'être révoqué lors d'une audience du juge des libertés de la détention. Celle-ci fut fixée un vendredi soir, tard. Au sein du cabinet de Grégory, l'avocat en charge du dossier embarquait pour une autre affaire vers Barcelone. Grégory de le substituer, au pied levé, face au juge qui devait déterminer s'il envoyait Thierry Lohro en prison ou s'il décidait d'un maintien en liberté. Heureusement, l'audience avait pris du retard, ce qui permit à Grégory de faire connaissance avec Thierry Lohro, ancien militaire charismatique qui, pour tuer le temps, lui raconta ses faits d'armes, bien plus utiles à la plaidoirie que ce qu'il y avait dans le dossier. En pénétrant dans le cabinet du juge, vers 22 heures, Grégory décida de déplacer son propos, de ne pas évoquer la rencontre au café, mais d'insister sur le passé militaire du client. Et de conclure : « Monsieur le Président, celui-ci ne mérite pas la détention provisoire ni même un contrôle judiciaire plus strict, c'est la Légion d'honneur qu'il mérite ! »

Dans l'obscurité d'un tribunal vide, à 23 heures, le magistrat d'astreinte contraint de rester tard en ce vendredi soir rétorqua : « Vous avez parfaitement raison. Je ne sais pas ce que vous faites devant moi. Vous rentrez chez vous tout de suite, sans autre contrôle judiciaire. » L'ancien agent secret fondit en larmes. Il évitait là l'univers carcéral.

Peut-être que l'éloquence judiciaire, moins dévaluée que le discours politique, reste la dernière instance, le dernier îlot où l'art de bien parler conserve ses lettres de noblesse en même temps qu'il engage, par contagion, à se réapproprier des techniques qui ont fait leurs preuves.

III
Les formes d'éloquence

> « L'éloquence n'est autre chose que la faculté d'agir par la parole sur l'esprit et le cœur d'un auditoire, le don de convaincre et d'émouvoir. Au sens élevé du mot, l'éloquence, c'est la parole consacrée au culte du beau, au service du vrai et au triomphe du bien. L'orateur est l'homme du droit et de la justice : *Vir bonus dicendi perilus* [Un homme de bien qui sait parler]. »
>
> Tony Bouillet,
> *Revue du Centre*, 1888

Nous autres avocats sommes les dépositaires d'un héritage multimillénaire d'une richesse incroyable qui mérite qu'on lui consacre un chapitre.

La rhétorique dite classique distingue trois grands genres de discours. Le terme « genre » n'est pas ici à prendre dans l'acception courante qui désigne les genres littéraires, tels que le roman, le théâtre ou la poésie, non pas en référence à une forme particulière de discours, mais à la fonction que ce discours exerce, en somme son intention comme son but. Ces trois genres d'éloquence, théorisés par Aristote dans sa *Rhétorique*, sont : le genre délibératif qui s'applique généralement à la politique (qu'est-ce qui est utile ou non à la collectivité ?), le genre judiciaire qui s'adresse à la justice (qu'est-ce qui est juste ou injuste ?) et le genre démonstratif ou épidictique (qu'est-ce qui est bon, beau, vertueux ou le contraire ?). Ils ont en commun la volonté d'instruire, de toucher, de plaire et de convaincre. Cette division en trois éloquences distinctes subsiste encore dans toutes les rhétoriques modernes. Avant même d'argumenter, cette science de bien parler doit savoir à qui elle a affaire, à qui elle s'adresse et donc à identifier son auditoire. Quintilien, dans ses *Institutions oratoires,* associe ces trois genres oratoires à des figures de rhétorique jugées indispensables et qui concernent les discours tenus dans les tribunaux. Ainsi, l'avocat, le juge, le procureur doivent produire une argumentation qui s'articule toujours autour de deux valeurs clés : le juste et l'injuste. Deux types de textes argumentatifs sont possibles : la plaidoirie, qui consiste à défendre l'accusé, et le réquisitoire, qui consiste à l'accabler. Le temps du discours judiciaire est le passé puisqu'il se réfère à des faits qu'il s'agit de reconstituer.

Ce système, fondé sur une division logique qui a su résister au temps, même s'il a connu des périodes de désaffection, reste d'une redoutable efficacité dans l'art de bien parler et surtout de convaincre et de persuader.

Le discours délibératif, dans son acception actuelle, est orienté vers l'action. Il tente de faire agir, pousse à faire un choix décisif, invite au vote ou à la lutte en suscitant des passions comme la peur, le courage, l'amour de la patrie, la colère, etc. Il est généralement tenu par un homme politique, un homme d'État, un ministre, mais aussi par un militaire de rang, un général ou par un représentant religieux. À titre d'exemple, et parmi les plus représentatifs, le discours éminemment politique de Démosthène reste un modèle du genre. Dans *Les Philippiques,* composées de quatre discours, l'un des meilleurs orateurs de la Grèce antique, grand adversaire de Philippe II de Macédoine, le père d'Alexandre le Grand, qui menace l'indépendance d'Athènes, exhorte ses concitoyens à agir et à prendre les armes pour réduire à néant les prétentions territoriales de Philippe. Dans la deuxième *Philippique*, écrite vers 344 av. J.-C., il fait montre d'une éloquence qui restera gravée dans les mémoires : « Je vois, Athéniens, que lorsqu'un orateur vous parle de tous les attentats que Philippe ne cesse de commettre contre la foi des traités, il ne manque pas d'être applaudi, que ses discours vous paraissent justes et raisonnables ; mais qu'au fond ils n'opèrent rien d'utile, et ne produisent aucun des fruits qu'on devait en attendre. Et même, par un abus aussi étrange que nuisible, plus on prouve fortement que le roi de Macédoine viole la paix faite avec vous et qu'il a de mauvais desseins contre tous les Grecs, plus il est difficile de vous donner de bons conseils. Voici, selon moi, la cause de ce désordre. Ce serait sans doute, par des actions, et non par des paroles, qu'il faudrait attaquer les projets d'un ambitieux ; cependant vos orateurs, dans la crainte de vous déplaire, se contentent de vous représenter tout ce qu'il y a d'injurieux et de violent dans la conduite du roi de Macédoine, sans oser vous dire quels seraient les moyens de le réprimer : vous, tranquillement assis pour nous entendre, vous avez, il est vrai, plus d'ardeur et de vivacité que Philippe, ou pour trouver vous-mêmes de bonnes raisons, ou pour saisir les nôtres ; mais aussi quelle indolence s'il s'agit de repousser vivement ses attaques ! »

Toujours en politique, très représentatifs de ce genre, nous pourrions aligner des extraits de grands discours marquants comme celui prononcé par Robespierre, avocat de formation, devant la Convention le 10 mai 1793, trois mois avant l'institution de l'éphémère Première République, suspendue en octobre par l'instauration de la Terreur. Dans son exhorte, Robespierre en appelle alors les députés à se mettre au service des intérêts du plus grand nombre, avec des accents dignes de Jean-Jacques Rousseau : « L'homme est né pour le bonheur et pour la liberté, et partout il est esclave et malheureux ! La société a pour but la conservation de ses droits et la perfection de son être, et partout la société le dégrade et l'opprime ! Le temps est arrivé de se rappeler à ses véritables destinées ; les progrès de la raison humaine ont préparé cette grande révolution, et c'est à vous qu'est spécialement imposé le droit de l'accélérer. Pour remplir votre mission, il faut faire précisément tout le contraire de ce qui a existé. Jusqu'ici l'art de gouverner n'a été que l'art de dépouiller et d'asservir le grand nombre au profit du petit nombre, et la législation le moyen de réduire ces attentats en système : les rois et les aristocrates ont très bien fait leur métier ; c'est à vous maintenant de faire le vôtre, c'est-à-dire de rendre les hommes heureux et libres par les lois. »

La liste est longue des discours portés par une éloquence hors norme qui traversent l'Histoire, il suffit de se remémorer l'Appel du 18 juin prononcé à la *BBC* par le général de Gaulle et qui figure *in extenso* dans nombre de mairies ou lieux publics, comme texte fondateur de la France libre, le discours de Martin Luther King en août 1963, « *I have a dream* », donné à Washington devant plus de 200 000 personnes, pour une Amérique égalitaire où serait abolie la ségrégation raciale. En partie improvisée, cette péroraison est soutenue par l'emploi en début de phrase de l'anaphore « *I have a dream* » qui martèle le message. Comment ne pas mentionner les discours de Chateaubriand, Hugo, Gambetta, Jaurès, Barrès, Clemenceau ou Churchill, qui sont autant de morceaux de bravoure et d'éloquence à jamais inscrits dans la mémoire collective ? Plus récemment, le long discours de Badinter à la tribune de l'Assemblée nationale pour réclamer l'abolition de la peine de mort ou celui de Simone Veil en faveur de l'avortement sont des exemples majeurs d'une éloquence que rien ne flétrit.

Au théâtre, le monologue délibératif est le discours tenu par un personnage qui examine, seul en scène, les différentes conduites, les possibles, les options qui s'offrent à lui et parmi lesquelles il doit choisir. En philosophie, le dialogue comme ceux de Platon, saint Augustin, d'Érasme, de Fénelon pour ne citer qu'eux, quand il met en scène deux personnages soutenant et défendant des idées ou des conduites opposées, relève aussi du discours délibératif. Cette constante propre à certains discours se retrouve également dans le domaine religieux, notamment dans le sermon qui exhorte à suivre les principes de la religion et qui est prononcé par une autorité religieuse. Ce genre littéraire à part entière, déjà employé par saint Augustin au IVe siècle, connaîtra son apogée en France au XVIIe siècle avec Bossuet, Fénelon, Massillon et Fléchier, entre autres. La langue de Bossuet, coulée dans le moule d'une éloquence sacrée obéissant aux lois de la rhétorique, et ici du genre délibératif, est presque sans équivalent. Il suffit de citer quelques extraits de son *Sermon sur la mort*, prononcé devant une cour sidérée, pour en être convaincu et comprendre qu'en élaborant ici une théologie de la mort, il anticipe la théologie de l'espérance moderne : « Me sera-t-il permis aujourd'hui d'ouvrir un tombeau devant la cour, et des yeux si délicats ne seront-ils point offensés par un objet si funèbre ? Je ne pense pas, messieurs, que des chrétiens doivent refuser d'assister à ce spectacle avec Jésus-Christ. C'est à lui que l'on dit dans notre évangile : seigneur, venez, et voyez où l'on a déposé le corps de Lazare ; c'est lui qui ordonne qu'on lève la pierre, et qui semble nous dire à son tour : venez et voyez vous-mêmes. [...] C'est une étrange faiblesse de l'esprit humain que jamais la mort ne lui soit présente, quoiqu'elle se mette en vue de tous côtés. On n'entend dans les funérailles que des paroles d'étonnement de ce que ce mortel est mort. Chacun rappelle en son souvenir depuis quel temps il lui a parlé, et de quoi le défunt l'a entretenu ; et tout d'un coup il est mort. Voilà, dit-on, ce que c'est que l'homme ! Et celui qui le dit, c'est un homme ; et cet homme ne s'applique rien, oublieux de sa destinée ! Ou s'il passe dans son esprit quelque désir volage de s'y préparer, il dissipe bientôt ces noires idées ; et je puis dire, messieurs, que les mortels n'ont pas moins de soin d'ensevelir les pensées de la mort que d'enterrer les morts eux-mêmes. »

Sans doute les auditeurs sortaient-il d'un sermon aussi long, sur un sujet aussi terrible, affectés, sinon convaincus, voire convertis, mais doutons que nous soyons aujourd'hui capables d'écouter sans faillir une prose aussi sublime sans que naisse en nous l'effroi ou l'ennui, tant le style est haut et nos idées comme notre attention trop basses pour bien les entendre.

Le genre délibératif, dans la très grande diversité de ses modalités, est également présent dans le domaine artistique sous la forme du manifeste, souvent rédigé par le chef de file d'un mouvement prônant une nouvelle esthétique et qui exhorte à suivre de nouveaux principes, en poésie, en musique, dans le théâtre, en peinture. C'est par exemple le cas du *Manifeste du surréalisme* d'André Breton, dans un style pour le moins frappant. Ou, en politique, le *Manifeste du parti communiste* de Karl Marx et Friedrich Engels (1848) dont le moins que l'on puisse dire est qu'il connut une foudroyante postérité, loin des « frissons sacrés de l'extase religieuse, de l'enthousiasme chevaleresque, de la sentimentalité petite-bourgeoise », la société et plus encore la classe dirigeante s'étant, selon les auteurs, perdue « dans les eaux glacées du calcul égoïste ».

L'objectif du discours démonstratif, qui concerne tout ce qui ne rentre pas dans le délibératif ou le judiciaire, est soit de louer, soit de blâmer et plus généralement d'instruire. Cette éloquence d'apparat ou académique, solennelle et ornée, utilise nombre de figures de style et d'images frappantes. Elle s'adresse généralement à un auditoire réuni à l'occasion d'un événement particulier.

Cela peut être un éloge, qui consiste à valoriser les qualités d'une personne, d'une cité, d'un pays, d'une divinité voire d'une institution. Il en existe trois formes : traditionnelle pour célébrer, paradoxale pour se moquer, ou ironique pour railler ou dénoncer.

Le sophiste Gorgias de Léontium, au ve siècle av. J.-C., produisit un éloge paradoxal d'Hélène de Troie, écrit comme un jeu plein d'humour où se lit l'éloge du discours persuasif : « Avec une aussi noble parenté, elle hérita d'une beauté toute divine : recel qu'elle ne céla [tenir secret] point. En plus d'un homme elle suscita plus d'un désir amoureux ; à elle seule, pour son corps, elle fit s'assembler multitude de corps, une foule de guerriers animés de grandes passions en vue de grandes actions : aux uns appartenait une immense richesse, aux autres la réputation d'une antique noblesse, à d'autres la vigueur d'une force bien à eux, à d'autres, cette puissance que procure la possession de la sagesse et ils étaient tous venus, soulevés tant par le désir amoureux de vaincre que par l'invincible amour de la gloire. [...] Et si c'est le discours qui l'a persuadée en abusant son âme, si c'est cela, il ne sera pas difficile de l'en défendre et de la laver de cette accusation. Voici comment : le discours est un tyran très puissant ; cet élément matériel d'une extrême petitesse et totalement invisible porte à leur plénitude les œuvres divines : car la parole peut faire cesser la peur, dissiper le chagrin, exciter la joie, accroître la pitié. »

L'éloge englobe également l'oraison funèbre. Parmi les plus célèbres, celle prononcée par André Malraux, alors ministre des Affaires culturelles, en décembre 1964, place du Panthéon, lors du transfert des cendres de Jean Moulin, est certainement l'un des plus célèbres :

« Entre ici, Jean Moulin, avec ton terrible cortège. Avec ceux qui sont morts dans les caves sans avoir parlé, comme toi ; et même, ce qui est peut-être plus atroce, en ayant parlé ; avec tous les rayés et tous les tondus des camps de concentration, avec le dernier corps trébuchant des affreuses files de “Nuit et Brouillard”, enfin tombées sous les crosses ; avec les huit mille Françaises qui ne sont pas revenues des bagnes, avec la dernière femme morte à Ravensbrück pour avoir donné asile à l'un des nôtres. Entre avec le peuple né de l'ombre et disparu avec elle… »

Non moins solennel, écrit par Bossuet dans une langue flamboyante et d'une force incomparable, l'oraison funèbre d'Henriette d'Angleterre, belle-sœur de Louis XIV, morte subitement, demeure un modèle du genre : « Quoi donc ! Elle devait périr si tôt ! Dans la plupart des hommes, les changements se font peu à peu, et la mort les prépare ordinairement à son dernier coup. Madame cependant a passé du matin au soir, ainsi que l'herbe des champs. Le matin, elle fleurissait ; avec quelles grâces, vous le savez : le soir, nous la vîmes séchée ; et ces fortes expressions, par lesquelles l'Écriture sainte exagère l'inconstance des choses humaines, devaient être pour cette princesse si précises et si littérales. »

L'hymne est une forme d'éloquence propre à la tradition antique et se présente comme un chant de gloire des dieux. Le début du premier hymne d'Homère à Apollon est l'archétype de ce discours : « Je n'oublierai point Apollon qui lance au loin ses flèches, Apollon qu'honorent les dieux quand il s'avance dans le palais de Jupiter. Dès qu'il s'approche, dès qu'il tend son arc redoutable, toutes les divinités abandonnent leurs sièges. Latone seule reste aux côtés du roi de la foudre. Elle relâche la corde ; elle ferme le carquois, de ses mains elle enlève l'arc des fortes épaules d'Apollon et le suspend, par une cheville d'or, à la colonne de son père. Puis elle le conduit sur un trône superbe. »

Le panégyrique, originellement un discours d'apparat, un éloge déclamé en public pour célébrer une personne illustre ou une cité, renvoie à des genres antiques aujourd'hui tombés en désuétude. Il est parfois confondu avec le dithyrambe, un petit poème lyrique versifié et chanté, consacré à Dionysos, sur un mode fier et guerrier, porté par un enthousiasme qui allait jusqu'à l'exaltation.

Toujours à dessein de louer, l'apologie vise à justifier et à défendre une doctrine ou une personne. Ce fut par exemple l'ambition des *Pensées* de Blaise Pascal, qui voulait titrer son travail *Apologie de la religion chrétienne*, mais le laissa inachevé comme chacun sait.

Le discours publicitaire, quant à lui, met en avant les qualités d'un service ou d'un produit. Il a tellement envahi l'espace médiatique que sa nature foncièrement épidictique s'est fondue dans son usage, au point de faire partie intégrante de toute expression.

Le blâme stigmatise et dénonce les défauts d'une personne ou d'une institution. Le pamphlet, qui est un blâme très virulent, polémique, outrancier, souvent caricatural, insultant, dénigrant, défend les libertés individuelles, se révolte contre la censure et les injustices. Victor Hugo, dans *Napoléon le petit,* s'en prend avec violence à Napoléon III, ce qui lui vaudra plusieurs années d'exil.

Sa cousine la satire est un genre beaucoup plus ancien, née dans la Rome antique et fort appréciée à l'époque. Elle se présentait sous la forme d'une critique moqueuse dans le but de provoquer, faire réfléchir, avec autant de légèreté que d'alacrité. *Le Tartuffe* de Molière proposait, dans cet esprit, une satire des dévots, des hypocrites et donc de la religion et des mœurs du XVIIe siècle. Plus tard, Balzac, dans *Le Père Goriot,* dressa le portrait satirique de la petite bourgeoisie, Baudelaire se moqua, dans *Une Charogne,* de l'idolâtrie du corps féminin avec des images volontairement choquantes, ou encore *Alice au pays des merveilles* de Lewis Carroll, satire de la corruption et de l'hypocrisie de l'Angleterre victorienne.

Grégory confesse une certaine admiration pour Fabrice Luchini, au point de ne rater aucun de ses spectacles. Il apprécie la façon très personnelle qu'a le comédien de présenter un texte, en vulgarisant des œuvres littéraires exigeantes, dont le style peut être ardu. C'est une source d'inspiration, car Luchini sait captiver l'attention du public et faire naître des émotions. Grégory apprécie plus particulièrement sa prosodie, la musicalité de sa voix et la maîtrise avec laquelle il module le volume de son propos, passant du *forte* au *pianissimo*, alternant entre des rythmes rapides et lents. Ses inflexions changent constamment, accompagnées de pauses dans son discours et d'exagérations pour renforcer son impact. À cela s'ajoute une technique de répétition qui consiste à relire une phrase deux fois, trois fois, très lentement, en détachant chaque syllabe, comme pour s'immerger plus profondément dans le texte et dans l'esprit de l'auditeur.

Il arrive que, dans des audiences civiles ou commerciales, Grégory s'approprie cette technique et reprenne un court extrait d'une clause d'un contrat, par exemple, la clause déterminante dans la résolution du litige, et qu'il la lise et relise deux ou trois fois, lentement, obligeant le magistrat à prêter attention à la clause concernée. Dans leur majorité, les avocats ont leurs rituels avant de plaider. Ainsi, il n'est pas rare que, la veille d'une plaidoirie importante, Grégory visionne et écoute encore Luchini.

Présenté comme le genre prédominant de la rhétorique, le discours judiciaire est né, nous l'avons vu, au ve siècle avant notre ère dans les tribunaux de la Sicile grecque. L'orateur s'adresse à un juge ou un jury qui doivent rendre un jugement. Selon Aristote, ce genre est adapté à l'accusation ou à la défense. Il constitue aujourd'hui un des piliers de l'organisation politique de nos sociétés modernes fondées sur la séparation des pouvoirs, théorisée par Montesquieu.

Le discours judiciaire s'attache à des faits passés et a pour objectif premier de persuader de ce qui est juste ou injuste, pour accabler ou innocenter. Ce genre, proprement argumentatif, englobe le plaidoyer et le réquisitoire.

Le plaidoyer est un discours construit pour convaincre, dans le cadre de la défense d'un sujet. Il repose sur des arguments solides et une présentation claire. Le réquisitoire, prononcé par l'accusation, a pour objectif de démontrer la culpabilité ou l'inadéquation d'une personne ou d'une idée. Il utilise souvent des procédés rhétoriques plus marqués, comme la provocation ou l'exagération. Nous pourrions l'exprimer différemment : le plaidoyer est l'élan de l'âme qui s'élève pour défendre une vérité, une justice. Il est l'arme de l'éloquence au service de la conviction. Le réquisitoire, plus sombre et plus tranchant, est le coup de boutoir qui vise à abattre.

Le réquisitoire renvoie au procureur, dont on pourrait penser qu'il est à égalité avec la défense. Pourtant il n'en est rien. Un jour, en pleine audience, Dupont-Moretti avait lancé au procureur : « Vous n'êtes assis là qu'à cause d'une erreur de menuisier. » Cette expression, « l'erreur du menuisier », fait référence à la tradition judiciaire française et à la disposition des salles d'audience où le ministère public est placé à la même hauteur que les juges, contrairement aux avocats de la défense et de la partie civile qui sont assis plus bas. Cette disposition est perçue par certains, notamment les avocats, comme un symbole d'une justice déséquilibrée, donnant une apparence de proximité entre les juges et les procureurs, ce qui pourrait nuire à l'impartialité apparente du tribunal. Ces avocats considèrent que le parquet, en tant que partie au procès, devrait être placé au même niveau qu'eux pour garantir une égalité dans le prétoire. Les magistrats, en revanche, défendent cette disposition comme reflétant le rôle central du ministère public dans l'appareil judiciaire. D'autres, à l'instar de François Saint-Pierre, opposent un avis contraire : « Mais en l'état des choses, cette "erreur du menuisier" n'en est pas une du tout. La place privilégiée qu'occupent les procureurs dans les salles d'audience correspond parfaitement à la mission essentielle qui est la leur au cœur de notre appareil judiciaire, qui a été conçu sous le Ier Empire sur le modèle d'une armée : c'est bien le ministère public, hiérarchisé et discipliné, qui en est le moteur, appliquant la politique pénale du gouvernement, décidant d'engager des poursuites ou non, de saisir un juge d'instruction ou non, puis à l'audience portant l'accusation. Réduire les magistrats du parquet au rôle de fantassin de prétoire serait artificiel et hypocrite. »

Cette « erreur du menuisier » conduit à un usage : celui de ne pas interroger le procureur. Aux assises ou en correctionnelle, l'accusé ou le prévenu subissent des interrogatoires. Le juge et le procureur peuvent lui poser des questions. Mais la tradition veut que l'on en reste là. Ce qui n'a pas empêché Grégory, à trois ou quatre reprises, de déroger à la règle et de demander au président l'autorisation de poser une question au procureur.

— Mais on n'interroge pas le procureur, intervint le président, surpris et irrité par l'initiative.

— Et pourquoi ? répliqua Grégory. Le procureur est partie au procès, il n'est pas une lithographie accrochée au mur. Il représente l'accusation, il m'accuse, il connaît donc le dossier autant que nous et il est mon adversaire. Donc s'il m'interroge, je veux pouvoir l'interroger.

Décontenancé, le président laissa faire. Stupeur dans les yeux du ministère public, abandonné par le président, et qui, comme s'y attendait Grégory, ne sut que répondre à une question pourtant très factuelle. Un silence lourd, un blanc qui valait éloquence.

Un plaidoyer n'est pas nécessairement un discours prononcé au tribunal. Il peut prendre d'autres formes. Ainsi Victor Hugo, pour s'opposer à la peine de mort, a-t-il composé un récit célèbre, *Le Dernier Jour d'un condamné*, prétexte à une plaidoirie pour l'abolition de la peine de mort en faisant parler un condamné anonyme qui va bientôt mourir guillotiné. Il en fut de même avec le célèbre « J'accuse » d'Émile Zola, en une du journal *L'Aurore* du 13 janvier 1898, véritable réquisitoire dans l'affaire Dreyfus.

Malgré l'immense qualité littéraire de ces deux textes, au-delà de leur efficacité, une plaidoirie comme un réquisitoire se doivent d'être oraux. La différence foncière entre une plaidoirie orale et sa transcription se trouve admirablement décrite par Maurice Garçon dans son *Essai sur l'éloquence judiciaire* : la valeur d'une plaidoirie, destinée à créer une conviction lors d'un débat, est « fonction, non seulement de la pensée et du style, mais encore de l'action, du geste, de l'atmosphère, et ils perdent la plus grande partie de leur force, et jusqu'à leur attrait lorsqu'ils demeurent figés dans un écrit ».

Si donc la rhétorique antique enracine dans le discours judiciaire sa première origine, vers 465 av. J.-C., lorsque Gelon et Hieron, les deux tyrans siciliens, exproprièrent puis déportèrent les populations de Syracuse pour les remplacer par des mercenaires à leur solde, il ne reste rien du procès qui vit s'affronter les natifs de Syracuse. Ils se soulevèrent et voulurent à tout prix recouvrer leurs droits comme leurs propriétés. Nous savons seulement que cette cause fut à l'origine de nombreux procès qui mobilisèrent de grands jurys, devant lesquels il fallait faire preuve d'éloquence et donc de persuasion. Tant et si bien que l'éloquence fit l'objet d'un enseignement d'abord dispensé par Empédocle d'Agrigente, Corax et Tisias, auxquels est attribuée, sans certitude, la rédaction du premier manuel ; cet enseignement et ces techniques gagnèrent ensuite l'Attique par le biais des commerçants qui plaidaient à Syracuse et à Athènes.

En revanche, nous connaissons par Platon, qui rédigea *L'Apologie de Socrate,* le détail de son procès pour corruption de la jeunesse et non-reconnaissance des dieux de la cité, en 399 av. J.-C., au terme duquel il fut condamné à mort. Socrate prend lui-même sa défense et, de façon assez paradoxale, défend avant tout la pratique philosophique qu'il déclare ne vouloir jamais cesser, quelles qu'en soient les conséquences pour lui-même : « Admettons, dis-je, que vous me teniez ce langage : Socrate, [...] nous allons t'acquitter, à une condition toutefois : c'est que tu ne passeras plus ton temps à examiner ainsi les gens ni à philosopher. Si on t'y reprend, tu mourras. Cette condition-là, juges, si pour m'acquitter vous vouliez me l'imposer, je dirais : Athéniens, je vous sais gré et je vous aime ; mais j'obéirai au dieu plutôt qu'à vous ; et, tant que j'aurai un souffle de vie, tant que j'en serai capable, soyez sûrs que je ne cesserai de philosopher, de vous exhorter, de faire la leçon à qui de vous je rencontrerai. Et je lui dirai comme j'ai coutume de le faire : Quoi ! cher ami, tu es Athénien, citoyen d'une ville qui est plus grande en renommée qu'aucune autre pour sa science et sa puissance, et tu ne rougis pas de donner tes soins à ta fortune, pour l'accroître le plus possible, ainsi qu'à ta réputation et tes honneurs. Quant à ta raison, quant à la vérité, quant à ton âme, qu'il s'agirait d'améliorer sans cesse, tu ne t'en soucies pas, tu n'y songes pas. »

IV
La véritable éloquence

« La vraie et grande éloquence est celle dans laquelle, même aux moments calmes, on sent le grondement d'une foudre. »

Victor HUGO, *Choses vues*,
posthume entre 1887 et 1900

Fort heureusement les temps ont changé. Le jeune stagiaire qui pénètre pour la première fois dans un cabinet d'avocats et rêve déjà d'en découdre dans les prétoires ne connaît pas, ou rarement pour les plus téméraires, les origines et l'histoire de sa profession. Loin de nous l'idée de rentrer dans les détails, mais simplement d'évoquer quelques traits édifiants, avec la complicité involontaire de Théodore Froment, auteur d'une excellente thèse, *Essai sur l'histoire de l'éloquence judiciaire en France avant le dix-septième siècle*, présentée à la Faculté des lettres de Paris en 1874.

Ainsi, explique-t-il, la profession telle qu'il la pratiquait, l'Antiquité ne l'a pas connue. Le barreau n'existait pas chez les Grecs. Et s'il se rencontrait en germe chez les Romains, il n'y fut jamais constitué comme en France, il n'y forma jamais un ordre ayant ses règlements, sa discipline, son tableau.

Chez les Athéniens tout citoyen devait soutenir lui-même ses droits en justice. Nul ne pouvait prendre la parole à sa place. L'Athénien qui n'avait pas de don d'orateur pouvait se faire assister d'un parent ou d'un ami, qui complétât ses explications et parlât pour lui et avec lui. C'était le rôle du *synagore*. Puis, à côté des *synagores* et en dehors des lois, s'établit une espèce de « barreau occulte » qui fournissait aux citoyens, sinon des défenseurs, du moins des défenses toutes préparées. Un rhéteur, élève des sophistes, Antiphon, s'avisa le premier de mettre au service des plaideurs sa dialectique et son éloquence. Il leur vendait des discours qu'ils apprenaient par cœur et récitaient ensuite devant les juges. Devant son succès, les plus grands orateurs, à son exemple, se firent logographes. Isée, Lysias, Isocrate, Démosthène lui-même composait et vendait des discours, soit pour une des parties, soit pour les deux parties à la fois. Le logographe n'apparaissant pas, il pouvait sans se compromettre servir à la fois les deux adversaires ; sa responsabilité personnelle n'était pas engagée dans le débat, et son langage ne le trahissait pas, puisqu'il changeait de style en changeant de cause.

Il n'en fut pas de même à Rome. Dans les premiers temps de la République, le patricien était le protecteur légal de son client et devait le défendre en justice. Possédant seul le dépôt des coutumes et les formules de la procédure, il pouvait seul remplir les fonctions de juge et d'avocat ; l'assistance judiciaire était donc un de ses privilèges ou de ses devoirs. C'est quand la loi des Douze Tables fut publiée et que le greffier des pontifes afficha les fastes et divulgua le formulaire des actions que le plébéien se trouva affranchi de la tutelle du patron devant les tribunaux, et fut libre de choisir à son gré le défenseur qui lui plaisait. De ce jour-là date l'origine du barreau à Rome ; l'avocat prend la place du patron en gardant son titre *patronus*, et son patronage s'étend indistinctement sur la plèbe et sur la noblesse, sur quiconque a besoin de sa parole et de ses lumières. Mais que ce nom de barreau ne fasse pas illusion. Si l'assistance judiciaire devient une profession à Rome, si le ministère de l'avocat devient un ministère spécial et indépendant, il n'existe cependant pas de collège pour les avocats. La seule loi positive qui nous reste à leur égard, la loi Cincia, leur interdit de percevoir la moindre rémunération sous quelque forme que ce soit. Qu'obtient donc l'avocat en échange des services qu'il rend aux plaideurs ? La réputation, l'influence. L'office qu'il remplit gratuitement est une sorte de candidature perpétuelle aux grands emplois de la République. C'est l'épreuve imposée au futur homme d'État, qu'il soit noble comme César, ou simple chevalier comme Cicéron.

Tandis que l'avocat d'Athènes se cachait derrière son client, l'avocat de Rome au contraire couvre son protégé de son talent et de son autorité personnelle. Il ne veut pas seulement gagner sa cause, il veut conquérir les suffrages de l'auditoire venu pour l'entendre. La foule qui l'entoure est avide d'éloquence. Il se doit d'obtenir ses applaudissements par le choix des images, la cadence du style et le pathétique du discours.

Un autre aspect mérite d'être évoqué. Toujours selon Théodore Froment, l'histoire de l'éloquence judiciaire en France ne remonte pas au-delà du règne de saint Louis. Jusqu'au XIIIe siècle, le Moyen Âge appartient tout entier aux discussions de la scolastique, aux controverses de la théologie, aux prédications de l'Église. Mais où trouver à cette époque les traces d'une éloquence judiciaire ? Un champ clos, où luttent deux adversaires, voilà le siège de toute justice. L'épée pour les nobles, le bâton pour les vilains, voilà les arguments des deux champions : l'épreuve du feu, de la croix, de l'eau bouillante et du fer chaud, voilà les seuls témoins qu'admettent les juges. Et quels juges que ceux qui règlent leur sentence sur l'événement d'un combat, qui donnent le droit à la force et croient voir les arrêts du Ciel dans les hasards d'un duel ou l'issue d'une absurde épreuve.

Le rôle de l'avocat ne commence que le jour où la justice renaît avec saint Louis, où les *Établissements* du roi, compilations de textes, débrouillent le chaos des lois et des coutumes, où la voix de la raison peut se faire entendre dans les tribunaux et mener les débats que tranchait le glaive. De cette époque date aussi la lutte de la juridiction séculière contre les empiètements de la juridiction ecclésiastique.

Au XIIIe siècle, tous les procès qui n'étaient pas vidés par les combats judiciaires étaient absorbés par les tribunaux ecclésiastiques. Là, le droit canon dictait la sentence des juges, et la langue latine était la langue des plaidoiries. Les clercs, qui ne plaidaient qu'en latin, avaient fait de la langue des lois une langue inintelligible à d'autres qu'eux-mêmes. Et lorsqu'ils plaidaient en français devant les cours laïques, leur français, hérissé de locutions de droit tirées du latin, n'était guère plus facile à comprendre. Le rétablissement de la juridiction séculière, en substituant aux clercs des magistrats et des avocats laïques, ramena nécessairement l'emploi de la langue dite vulgaire. Mais la connaissance des lois et des coutumes n'en restait pas moins le privilège de quelques-uns. Et le ministère des avocats était indispensable aux plaideurs, souvent même aux magistrats, comtes ou barons, peu familiers avec les règles et les termes de la procédure.

Ce nom d'avocat, venu du latin, avait changé de sens depuis son origine. Les *advocati*, au temps des Gracques ou de Cicéron, étaient les témoins ou les conseillers appelés par chacune des parties pour assister le *patronus*, l'orateur chargé de la cause. Mais du temps de Pline le

Jeune et de Tacite, le mot *advocatus* commençait à se confondre avec celui de *patronus*, et se donnait assez souvent à l'orateur lui-même. Sous le Bas-Empire, l'ancienne distinction entre les *oratores* et les *advocati* avait complètement disparu, et tous ceux qui se vouaient à la défense des citoyens portaient le nom d'*advocati*, et formaient un collège auquel l'empereur Justin donna la dénomination d'ordre.

Sous Charlemagne, il est fait mention de l'*advocati*, mais ce nom concerne les avoués, les procureurs et les défenseurs des ecclésiastiques et communautés. Les avocats y sont plutôt nommés *clamatores* et, plus tard, *emparliers*. Au Moyen Âge, les *advocati* étaient plutôt les défenseurs des droits des églises tandis que les *emparliers* étaient les défenseurs des intérêts des particuliers. *Emparlerie* était synonyme de plaidoirie. Au XIIIe siècle, les deux termes d'*advocati* et d'*emparliers* se prennent indifféremment l'un pour l'autre. Au XIVe siècle, le terme d'avocat est seul usité pour désigner ceux qui plaident en justice.

Que de chemin parcouru.

Nous affirmons que la véritable éloquence est judiciaire. Le propos pourrait paraître péremptoire, posé comme une vérité non sujette à caution. Avant d'être considéré comme un axiome, sans doute serait-il nécessaire de dire pourquoi cette forme d'éloquence spécifique l'emporte sur les autres.

D'abord parce qu'elle affirme le pouvoir de la parole, et pas seulement : elle suppose que ce pouvoir soit d'autant plus immense qu'il se fonde sur une énorme responsabilité et des enjeux non moins considérables. En effet, défendre un accusé ou un prévenu n'est jamais sans conséquence, pas simplement pour lui, mais aussi sa famille, ses proches, sa réputation, son honneur. N'importe quel avocat digne de ce nom dira qu'un procès d'assises le marque terriblement. Plus encore, le discrédit plane au-dessus de la tête de l'accusé, aujourd'hui plus qu'hier, incontournable et toujours incontrôlable.

Le pouvoir de la parole, certes. Mais parfois aussi celui de l'objet, incongru, inattendu, mais qui marque les esprits. Ne dit-on pas qu'une image vaut dix mille mots ?

Deux amies d'une vingtaine d'années passaient l'après-midi chez un copain. Celui-ci avait récupéré un fusil à pompe et, pour jouer un peu au caïd, il avait exhibé l'arme qui était passée de main en main. Le coup partit… L'une des jeunes filles fut tuée d'une balle dans la tête. Les jeunes gens, qui n'étaient pas des bandits, simplement des copains de fac, furent renvoyés aux assises. Un procès très technique, très compliqué quant à la qualification pénale. Était-ce un meurtre ou un assassinat ? Le meurtre est un homicide volontaire commis sans préméditation. L'assassinat est un meurtre commis avec préméditation. Était-ce un homicide involontaire, défini comme le fait de causer la mort d'une personne sans intention préalable de tuer ? Ou pouvait-on encore le qualifier de violence volontaire ayant entraîné la mort sans intention de la donner ?

Grégory, partie civile, se retrouva à l'audience, face à douze jurés non professionnels, auxquels il fallait expliquer les subtilités de ces qualifications. Toute la question était de déterminer l'état d'esprit du garçon lorsqu'il avait tiré. Il n'avait pas vérifié que l'arme était déchargée ni que le cran de sécurité était levé. Le coup était-il parti tout seul ? Était-ce un geste totalement incontrôlé ? Une maladresse ? Une mauvaise manipulation ? Avait-il l'intention de tuer ? L'avait-il fait exprès ? Ils étaient trois, la petite amie du jeune homme et l'amie de la petite amie. Il n'était pas interdit d'imaginer un guet-apens, une jalousie, un plan pour en éliminer une des deux… Tout le débat aux assises porta sur la notion d'intention ou de volonté de tuer, ou non, tout en ayant commis le geste qui provoqua le coup de feu. D'autant qu'un expert balistique vint expliquer que, pour appuyer sur la gâchette, il convenait d'effectuer une pression de deux kilos. Le doigt qui glisse par inadvertance n'est pas compatible avec une gâchette qui impose une telle pression. Peut-être n'était-ce qu'un geste malheureux. Mais la jeune femme était morte et ses parents ne voulaient pas que le responsable soit acquitté sur l'autel d'un geste involontaire. Ils avaient perdu leur fille, le responsable devait être condamné.

Comment être éloquent dans un tel cas de figure ? Comment expliquer toutes ces nuances à des jurés venant d'horizons très différents et n'ayant pas lu le dossier au demeurant très technique ? Un cours de droit ? Ils seront vite lassés. Puiser dans le registre sentimental – « elle était belle, elle était jeune, elle avait la vie devant elle » – revenait à jouer à la loterie.

Grégory conserve le souvenir d'une éloquence très particulière, pédagogique, didactique, presque académique. Car il y avait cet expert avec ses deux kilos de pression. Entre deux kilos d'un côté et le caractère involontaire de l'autre, Grégory éprouvait quelques difficultés. Comment s'adresser aux jurés dans l'intérêt de ses clients ? Il eut alors l'idée, lors de sa plaidoirie, de sortir deux briques de lait, de les relier à une corde et de les soulever d'un doigt pour bien montrer ce que représentent deux kilos au regard d'un geste involontaire. Le spectacle des deux briques de lait devint éloquent et l'auteur du coup de feu fut condamné.

La machine judiciaire est comprise par le commun des mortels comme une machine à broyer, alors qu'elle est d'abord une institution à même de préserver, aussi bien la dignité de la personne que le système judiciaire et l'autorité qu'elle suppose. Or, ce pouvoir est désormais le seul susceptible d'en contrer un autre bien plus redoutable : le pouvoir médiatique, le tribunal de l'opinion qui condamne, s'acharne, jette l'anathème, détruit, sans aucun respect pour la présomption d'innocence, fondement même de toute justice démocratique.

Ce renversement ou plutôt cette altération de l'exercice de la justice légitime au profit d'une condamnation prononcée sans juge, sans avocat, sans défense possible, met en péril le fonctionnement même de toute démocratie moderne. Pour réhabiliter la justice, et asseoir son indépendance, nous pourrions même dire sa souveraineté, il est nécessaire de bien faire comprendre que l'éloquence judiciaire est l'expression légale d'une haute idée de la démocratie, un rempart contre les dérives médiatiques, les jugements hâtifs sans aucun fondement légal. D'autant que le temps de la justice, réputé lent, ne saurait être celui des médias ou des réseaux sociaux qui, sans mauvais jeux de mots, restent dans l'immédiat, au sein d'une vague obsessionnelle et croissante d'actualité présente. Le temps de la justice est l'opposé de celui des médias, quel qu'en soit le support : le premier, pour fonctionner dans la sérénité, demande des mois de réflexion, des années de recul ; le second accouche à la seconde. Le flot continu de la parole et de l'opinion médiatique, qui peine à trouver sa légitimité autrement que dans le jugement à l'emporte-pièce, souvent sans avancer la moindre preuve, établit une ère du soupçon qui par ailleurs jette sans cesse l'opprobre sur la justice officielle, taxée de lenteur, de laxisme, voire de corruption. Les gens ont tendance à croire ce qu'ils écoutent, c'est-à-dire tout et n'importe quoi, ce qui vient nourrir leur rancœur ou une idéologie politique, or cette gangrène corrompt et pourrit la puissance de la parole judiciaire et *a fortiori* de l'éloquence qui la sert. Trop de personnes se laissent séduire par des discours réactifs, trop souvent mal étayés, qui traduisent une humeur et non des faits; il suffit dorénavant qu'un citoyen, n'importe lequel, soit suspecté pour que l'opinion le condamne, sans appel, et l'accable au point de le précipiter vers une « mort sociale » qu'aucune justice n'envisage ni ne souhaite.

L'éloquence trouverait-elle une nouvelle scène avec la télévision et les chaînes d'information en continu? Grégory fait partie de ceux qui considèrent que l'on ne peut pas tourner le dos au débat médiatique qui, pour lui, fait avancer l'opinion publique et la réflexion de la société. Néanmoins, il arrive que le procès se déroule dans les médias plutôt que devant un tribunal. Que faire? Éteindre la télévision ou participer à cette évolution pour tenter de recentrer un peu le débat? Certes, le plateau n'a rien à voir avec la salle d'audience, le temps n'est pas le même: une minute d'antenne ne sera jamais l'équivalent de quarante-cinq minutes de plaidoirie face à la cour. Mais il peut y avoir une force d'éloquence dans ces soixante secondes.

En réponse à ces tribunaux d'un nouveau genre, l'éloquence judiciaire apporte l'unique issue éthique susceptible de légitimer l'autorité judiciaire en même temps que le respect des droits de l'accusé ou prétendu tel. Au sein d'un tribunal, dans un prétoire, le juge et l'avocat ont la terrible mission de juger, défendre, analyser, comprendre; la justice étant rendue au nom du peuple français, il est aisé de deviner que cela suppose une responsabilité écrasante. Le droit n'est pas l'opinion. Et l'opinion ne dit pas le droit. Le droit n'est pas non plus qu'un cadre où s'expriment des arguments contraires, où des faits sont établis. Le droit est le garant de toute démocratie et, pour le servir, l'éloquence joue un rôle de premier ordre. Et cette mission, incontestable dans sa fin, est accomplie pour le respect de la Justice autant que dans l'intérêt du justiciable. Pour être pleinement efficace, elle doit être soutenue par une parole structurée, un discours qui avance infailliblement, qui établit la généalogie des actes, des faits, prend en compte la psychologie, les circonstances, le parcours, les failles, les passions… Non seulement l'éloquence judiciaire atteste un pouvoir incontestable, mais encore elle place au centre de ce discours l'Homme lui-même, dans la complexité de sa nature, dans le souci de sa dignité, le respect de sa personne.

Il n'en reste pas moins que la plaidoirie demeure un exercice éminemment solitaire. Il peut arriver que rien, même la plus grande des éloquences, ne parvienne, en apparence, à faire réagir l'auditoire. Monaco, printemps 2023 : l'audience de la Commission de contrôle des activités financières s'ouvre en principauté. Grégory y assiste la présidente d'une société industrielle risquant de perdre sa licence pour divers errements financiers. Une grande salle, quatre fenêtres avec vue plongeante sur la mer, une immense table en U avec une demi-douzaine de personnes de chaque côté, le regard rivé à leur écran d'ordinateur. L'éloquence dans ces circonstances ne s'appuie pas sur les conditions de la loi monégasque, mais, durant deux heures, à tenter de capter l'attention d'un membre au moins de la commission, à faire en sorte qu'il lève la tête de son écran, qu'il acquiesce, qu'il interroge, qu'il hoche la tête voire qu'il bâille. Pour cela, Grégory s'interrompait, posait des silences, des exclamations, parlait plus bas, parlait très haut, interpellait... Un moment de solitude à deux, d'une violence extrême. À la fin de l'audience, une voix lui indiquait simplement qu'une décision serait rendue « dans trois mois, par courrier ». Grégory obtint gain de cause. Victoire. Mais souvenir douloureux d'une éloquence à sens unique.

Une plaidoirie est sans doute le plus bel exemple de la foi qu'une société porte dans l'Homme, dans sa capacité à reconnaître sa faute, ses erreurs, ses méfaits, son crime, aussi bien que dans sa volonté de s'amender, de se réinsérer, de vouloir à nouveau faire corps avec la société. Une plaidoirie engage celui qui la prononce autant que celui qu'elle protège, et cette responsabilité n'a par exemple rien de commun avec un discours politique qui n'engage que ceux qui lui accordent crédit, plus que celui qui le prononce. La plupart des gens ne croient plus en la vérité du discours politique, mais quel prévenu peut se permettre de ne pas croire les paroles et le discours de celui ou de celle qui le défend ? L'enjeu n'est pas le même. La promesse politique, voire une analyse n'est pas un jugement ou une sentence, une relaxe ou une condamnation. Le politique n'imagine pas de peines aménageables. La totalité de son propos est fondée sur la justification de ce discours. Quant à la plaidoirie, elle s'occupe d'une personne et de son avenir.

L'éloquence judiciaire peut parfois se concentrer en une phrase. En septembre 2001, le ministre Christian Pierret était convoqué pour la première fois par le magistrat instructeur avec l'éventualité d'une mise en examen. La « jurisprudence » Jospin en la matière était on ne peut plus explicite : tout membre du gouvernement mis en examen devait immédiatement démissionner. Tard dans la nuit, à l'issue de l'audition, et après plusieurs heures d'hésitation, le juge décida de mettre le client de Gilles-Jean en examen. C'en était théoriquement fini de son poste ministériel. Ils sortirent du palais, fatigués, contrariés et amers. Une bonne centaine de militants patientaient et des journalistes voulaient naturellement connaître le sort du ministre. Des micros se tendirent. Gilles-Jean eut alors une idée qui tient en quelques mots, tendant à banaliser la décision rendue :

— C'est une mise en examen, mais elle est purement technique.

Les militants crièrent bruyamment leur joie. La déclaration fit le tour des rédactions. Le ministre conserva son poste.

Une phrase, ou un geste.

La fille d'un industriel français, expatrié au Cameroun, vivait en France avec sa mère. Ses parents étaient séparés. La mère s'en occupait peu. Elle collectionnait les amants d'un soir, buvait, s'était montrée violente. Sa fille, âgée de 12 ans à l'époque, faisait le ménage, préparait les repas, rencontrait les amants au petit matin, avant de partir au collège, après avoir rangé la maison. Cendrillon… Cette situation sordide se prolongeait au quotidien, jusqu'au jour où elle fut battue par un des amants. Elle se sauva en pleine nuit, en pyjama, à travers les rues de Paris et se réfugia dans un fast-food où un individu mal intentionné lui proposa un hamburger en échange de quelques faveurs. La voici qui trouve refuge dans le métro avant d'être récupérée par les pompiers. Puis par les services sociaux. Informé depuis le Cameroun au petit matin, le père charge Grégory, son avocat d'affaires, de lui rendre sa fille, quoi qu'il en coûte. Il débarque à Paris, s'installe à l'hôtel et le combat s'engage. Une juge pour enfants doit statuer en urgence. Ils sont convoqués à 15 heures. Ils passent à 20 heures. L'enfant est là, dans les bras de son père, qu'elle adore. Les éducateurs des services sociaux sont également présents, ainsi que la mère qui se tient en retrait. Dans le cabinet du juge, Grégory accable la mère, sans ménagement. Dans une colère homérique, il ridiculise les services sociaux. La magistrate tempère, sous-entendant que l'enfant a peut-être exagéré. Le père reste droit dans ses bottes : « Je ne partirai pas sans ma fille ! » À l'issue de l'audience, la juge leur annonce qu'elle délibérera le soir même, mais très tard, après les autres affaires qui attendent encore. Le père, sa fille et Grégory décident de rester. Les heures s'écoulent. Vers 22 heures, la juge sort de son bureau.

— Je vais chercher à manger et je reviens, confie-t-elle.

— Je vous en prie, lui dit Grégory, qu'est-ce qui vous ferait plaisir ?

— Il me faut du chocolat.

— Ne bougez pas, Madame, ne bougez pas.

Grégory revient avec un paquet de biscuits qu'il a dégoté dans un distributeur. Il pousse la porte du cabinet et pose les gâteaux sur le bureau de la juge.

— On partage ? suggère-t-il.

Jadis sévère, elle sourit et lui fait signe de s'asseoir.

Deux gâteaux plus tard, la juge demande :

— Bon, je vous rends l'enfant ?

— Au prix du paquet de biscuits, cela me semble la moindre des choses, Madame…

Elle éclate de rire. Une heure plus tard, le père et la fille quittaient le palais de justice main dans la main.

C'est un paquet de gâteaux, qui a fait montre d'éloquence dans cette affaire. Grégory en a tiré une leçon : il ne faut jamais rien lâcher, jamais désespérer, jamais déposer son dossier et renoncer à plaider. Ne jamais cesser de se battre, ne jamais cesser de séduire.

La structure même de l'éloquence judiciaire diffère des autres formes de rhétorique parce que le but à atteindre n'est pas le même. Pour peu que l'on se donne la peine de bien écouter leurs analyses, il est frappant de constater que les avocats sont sans doute parmi les mieux placés pour brosser un état de l'évolution des mentalités aussi bien que des réponses pénales. Pour exemple, Randall Schwerdorffer, avocat de Jonathann Daval, accusé du meurtre de sa femme Alexia par strangulation et condamné par la cour d'assises de Haute-Saône à vingt-cinq ans de réclusion criminelle, reconnaît qu'en dix ans, les peines encourues et les peines prononcées ont beaucoup changé : dans les années 2010-2015, un homicide sur conjoint commis par un homme était assorti d'une peine d'environ dix ans, aujourd'hui, elle est pratiquement du double. Et l'écart se creuse plus encore si le meurtre a été commis par un homme ou par une femme : dans le second cas, les peines sont quasiment divisées par deux, et pourtant les textes n'ont pas changé. Ce qui a évolué, ce sont les mentalités, le ressenti, les mœurs, les réactions. Ce même avocat affirmait qu'il était dorénavant impossible de plaider le crime passionnel, pour la simple raison que celui-ci paraît maintenant infondé, que le système de défense n'est plus retenu comme valide.

L'éloquence judiciaire, à la lumière de ce simple exemple, doit donc sans cesse s'adapter, aux évolutions sociétales, à la psychologie des sociétés modernes, aux pressions exercées par des mouvements de pensée comme le wokisme, la déconstruction, l'égalité homme femme, etc. Pour toutes ces raisons, l'éloquence judiciaire est aussi un baromètre de ces évolutions et son pouvoir est également de les traduire dans le discours afin de les rendre plus sensibles, plus compréhensibles. Elle agit comme un miroir dont les reflets traduisent une vérité, un état des lieux.

S'adapter aux évolutions de la société, disions-nous. Comme pour cette avocate de Bergerac qui avait bien failli être broyée par son conseil de l'ordre parce qu'elle aimait trop l'accordéon.

La quarantaine au moment des faits, Valérie Faure avait épousé dix ans plus tôt un musicien d'origine bulgare, un intermittent du spectacle qui jouait de la gadulka, un genre de vielle qui ressemble au rebec médiéval. Depuis quelques années, sur son temps libre, elle accompagnait son mari au piano à bretelles. Ils formaient un duo. Lorsqu'ils n'avaient pas de contrat, ils se produisaient sur les marchés locaux, à Bergerac, Périgueux, Libourne ou Bordeaux. Le barreau ne tarda pas à réagir. Me Faure reçut en 1999 un premier avertissement pour « manquement au devoir de délicatesse et de dignité ». Elle n'en crut pas ses yeux, d'autant que les arguments avancés restaient confus. On semblait lui reprocher le fait de poser un chapeau sur le bitume destiné à recueillir l'obole des passants. Et donc d'exercer une forme de mendicité. Valérie Faure ne partageait pas cette analyse. Elle revendiquait le droit de faire ce qu'elle voulait de sa vie privée. L'accordéon n'était pas pour elle une activité lucrative, mais une véritable passion. Quant au chapeau, il participait de la tradition des musiciens de rue : les maigres sommes récoltées n'étaient qu'un hommage, une gratification des passants. Le barreau n'en resta pas là et engagea un bras de fer qui dura quatre ans, une guerre d'usure qui conduisit fatalement notre consœur, à l'automne 2002, devant le Conseil de discipline du barreau de Bergerac qui lui infligea six mois (dont deux avec sursis) de suspension d'activité pour « atteinte à l'honneur de la profession et aux bonnes mœurs ». On se serait cru revenu au temps du rigorisme zélé du Second Empire et du procureur Pinard poursuivant de sa vindicte Gustave Flaubert et son chef-d'œuvre, *Madame Bovary*, accusé lui aussi d'atteinte aux bonnes mœurs. Me Faure décida de faire appel et sollicita Gilles-Jean, avec Gilbert Collard, pour l'assister. Gilles-Jean se souvient d'avoir aussitôt téléphoné à André Damien, ancien bâtonnier de Versailles et conseiller d'État honoraire, pour solliciter son avis. Il lui livra sa réponse dans un immense éclat de rire : « Giscard aussi jouait de l'accordéon ! »

Ils se retrouvèrent donc en mars 2003 devant la première chambre de la cour d'appel de Bordeaux. Valérie Faure avait endossé sa robe d'avocat pour bien montrer aux juges qu'elle se trouvait en ces lieux ès qualités. C'est d'ailleurs le fond du problème. Les arguments déployés par les détracteurs de sa cliente étaient alambiqués : jouer de la musique, selon eux, sur un marché pourrait laisser croire aux passants que les avocats ne gagnaient pas correctement leur vie et se voyaient donc contraints à la mendicité. Bref, ils seraient devenus des va-nu-pieds.

Gilles-Jean s'engouffra dans la brèche :

— C'est très humiliant pour les musiciens de rue qui sont des artistes à part entière, qui savent mettre la culture à la portée de ceux qui ne fréquentent pas les théâtres.

Mais ce n'était qu'un amuse-bouche, pour l'anecdote, afin de pointer du doigt la ringardise du barreau de Bergerac qui livrait là un combat d'arrière-garde. L'ex-bâtonnier Michel Coste, une figure de la profession, grand spécialiste de la déontologie, avait d'ailleurs pris position pour l'amateur d'accordéon dans la très sérieuse *Gazette du Palais*. Sans compter les très nombreuses lettres de soutien qui arrivaient tous les jours au cabinet de Valérie Faure. Dans sa plaidoirie, Gilles-Jean enfonça le clou, car il était temps de redéfinir les rapports entre la société et notre profession. Que diable ! Nous ne sommes plus au XIXe siècle.

— Dans quelques années, on sourira en lisant cette décision.

Et il donna des exemples, bien plus anciens, tout aussi ridicules. Comme cet avocat sommé en 1822 de se séparer de sa femme parce qu'elle était commerçante, ou cet autre qui fut radié en 1841 pour avoir assisté à une réunion d'ouvriers, et ce troisième à la même époque radié pour avoir fait passer sa compagne pour son épouse lors d'un déplacement. Gilbert, de son côté, avait dégoté une affaire, datant elle aussi du milieu du XIXe siècle : deux avocats furent relaxés alors qu'ils se produisaient sur des scènes de théâtre.

Deux mois plus tard, la cour de Bordeaux rendit sa décision : Valérie Faure était relaxée. Mais à la lecture de l'arrêt, on devinait l'embarras des juges : si, selon eux, la condition de musicien de rue n'était pas vraiment digne, on ne pouvait, en revanche, condamner l'avocat dans la mesure où elle ne se produisait pas « dans son costume d'audience ». Beaucoup de bruit pour rien, aurait pu dire William Shakespeare.

S'adapter aux évolutions de la société suppose également de s'adapter aux nouvelles technologies.

Un couple de retraités américains, résidant en Floride, est mis en cause par un juge français, statuant à Brest, pour avoir participé au pillage d'un navire et fait commerce de l'or pillé, outre-Atlantique. L'infraction existe en droit français, les Américains en ignorent tout. Ils ne parlent pas français et tremblent à l'idée d'être incarcérés dans l'hexagone. Un moment de négociation s'ouvre avec le juge d'instruction et Grégory sera finalement autorisé à se rendre en Floride pour les défendre, à travers un écran d'ordinateur connecté au tribunal de Brest. Comment être éloquent dans de telles circonstances ? D'autant qu'en visioconférence et encore plus entre deux pays éloignés, peut apparaître un léger décalage de réception du signal repoussant de quelques secondes la réaction de l'interlocuteur. Très difficile de couper la parole, de faire des effets de manche, de parler en même temps… C'est très vite la cacophonie. Mais il faudra s'y adapter dans la mesure où la visio s'invite de plus en plus dans les pratiques judiciaires – par exemple, les détenus qui ne sont plus transportés au tribunal, mais interrogés directement de la prison –, nécessitant *de facto* une nouvelle forme d'éloquence.

L'engouement pour l'éloquence judiciaire ne date pas d'hier, bien qu'il ait connu quelques périodes de désintérêt comme au XVIIIe siècle. En revanche, cette rhétorique a bénéficié de grands noms du barreau pour asseoir durablement son pouvoir et produire des exemples admirables. Nous serions sans doute étonnés de constater que les grands orateurs ont connu des gloires dignes de stars de la scène, et que cette reconnaissance est, depuis le XIXe siècle, consubstantielle au génie de quelques grands noms. Le *Livre des orateurs* de Louis-Marie de Lahaye, vicomte de Cormenin (1788-1868), publié sous le pseudonyme de Timon dans les années 1840, et qui fit l'objet de très nombreuses rééditions, en est un exemple admirable. Si le premier tome s'attache à définir les préceptes de l'éloquence de la tribune, les divers modes de l'art de discourir ou la puissance de l'improvisation, le livre second distingue l'éloquence de la presse, la didactique du pamphlet, l'éloquence en chaire, celle du barreau et du parquet tenant une place de choix, tout à côté des éloquences délibératives, officielles (comme celles de Mirabeau ou Danton) et militaires (comme celle de Napoléon). Il est également fait état d'un parallèle et d'un comparatif entre les quatre formes d'éloquence où sont analysés les tenues, les gestes, les habitudes, les « personnels », les langages (spécifiques) et leur effet. Timon n'est pas tendre et déplore : « La magistrature et le barreau ne sont plus des professions, mais des métiers ; on les fait sans amour comme on les a pris sans vocation. [...] Ils ne requièrent plus, ils plaident, ils s'emportent, ils se contournent, ils se tordent de mille façons. » Il conseille : « Soyez d'ailleurs éloquent, c'est-à-dire soyez court. » Il raille : « On a seulement dans son cabinet, sous belle montre, Cujas, Dumoulin, d'Aguesseau, Pothier, Merlin, reliés en maroquin superfin avec des filets dorés, comme on aurait des figurines de bronze ou des magots de la Chine ; mais on ne les lit pas, et l'on se contente de les saluer, en passant devant eux, comme pour les prier de bien vouloir prendre la peine de ne pas se déranger. » Pareille diatribe ne fait que mettre en avant l'excellence que suppose une profession choisie comme une mission, le devoir de perfection et la force de conviction nécessaire qu'elle exige.

Ce genre d'envolée pleine de récriminations n'est pas nouvelle. Il suffit de citer un des plus grands noms de l'histoire de la magistrature, Henri François d'Aguesseau (1668-1751), procureur général au Parlement de Paris puis deux fois chancelier de France, dont les réformes améliorèrent les procédures judiciaires alors sclérosées et assurèrent plus d'uniformité dans l'application des lois. Sa statue monumentale siège devant l'Assemblée nationale, près de celles de Sully, Colbert et Michel de l'Hôpital. Dans un discours prononcé en 1699, « Des causes de la décadence de l'éloquence », il regrette notamment l'attitude de certains avocats. Un long extrait, véritable exercice d'éloquence, mérite de figurer ici.

« Mais la paresse se joint en eux au défaut des talents naturels ; et flattant leurs imperfections, au lieu de les corriger, on les voit souvent, et même dans la première jeunesse, lecteurs insipides, et récitateurs ennuyeux de leurs ouvrages, ôter à l'orateur la vie et le mouvement, en lui ôtant la mémoire et la prononciation. Et quelle peut être l'impression d'une éloquence froide, languissante, inanimée, qui dans cet état de mort où on la réduit, ne conserve plus que l'ombre, ou, si l'on ose le dire, le squelette de la véritable éloquence ? [...] Des motifs si purs et si élevés ne nous touchent plus guère ; on ne sacrifie aujourd'hui qu'à l'intérêt. C'est lui qui ouvre presque toujours l'entrée de votre ordre, comme celle de tous les autres états ; la plus libre et la plus noble de toutes les professions devient la plus servile et la plus mercenaire. Que peut-on attendre de ces âmes vénales, qui prodiguent, qui prostituent leurs mains et leur voix à ceux que l'ordre des professions rend leurs inférieurs ; ou qui, pour un vil intérêt, adoptant des ouvrages qui les déshonorent, vendent publiquement leur réputation et trafiquent honteusement de leur gloire ?

« L'éloquence n'est pas seulement une production de l'esprit ; c'est un ouvrage du cœur. C'est là que se forment cet amour intrépide de la vérité, ce zèle ardent pour la justice, cette vertueuse indépendance dont vous êtes si jaloux, ces grands, ces généreux sentiments qui élèvent l'âme, qui la remplissent d'une noble fierté et d'une confiance magnanime, et qui, portant encore plus loin votre gloire que l'éloquence même, font admirer l'homme de bien en vous, beaucoup plus que l'orateur.

« Ne croyez pourtant pas qu'il vous suffise d'avoir joint la noblesse et la pureté des motifs à la grandeur des talents naturels ; et sachez que la plaie la plus profonde, et peut-être la plus incurable de votre ordre, est l'aveugle témérité avec laquelle on ose s'y engager, avant que de s'en être rendu digne par une longue et laborieuse préparation.

« Quel trésor de science, quelle variété d'érudition, quelle sagacité de discernement, quelle délicatesse de goût ne faudrait-il pas réunir pour exceller dans le barreau ! Quiconque osera mettre des bornes à la science de l'avocat, n'a jamais conçu une parfaite idée de la vaste étendue de votre profession.

« Que les autres étudient l'homme par parties ; l'orateur n'est point parfait, si, par l'étude continuelle de la plus pure morale, il ne connaît, il ne pénètre, il ne possède l'homme tout entier. »

On comprend à la lecture de cet extrait admirable les regrets de Timon qui sont ceux-là mêmes que d'Aguesseau formule.

Il faudrait lire ou relire son long premier discours, « L'indépendance de l'avocat », prononcé en 1693, pour comprendre l'ampleur et la responsabilité de cette mission dont l'éloquence est la servante active. Il précise en toute fin les exigences que suppose cette action :

« Les procureurs n'ont pas l'avantage d'exercer une profession si éclatante ; mais quelques différences qu'il y ait entre leurs fonctions et celles des avocats, ils peuvent s'appliquer les mêmes maximes ; et s'ils veulent jouir de la liberté qui peut convenir à leur état, ils ne doivent la chercher que dans une exacte observation de leurs devoirs. Être soumis à la justice et fidèle à leurs parties, c'est à quoi se réduisent toutes leurs obligations. Nous voyons avec plaisir l'application qu'ils ont donnée à la réformation des abus qui s'étaient glissés dans leur corps, et nous les exhortons à faire de nouveaux efforts pour éviter les justes reproches du public, et pour mériter cette protection favorable, que la cour ne refuse jamais à ceux qui se distinguent par leur droiture et leur capacité. »

Cela reste d'actualité. Car au fond, le droit constitue et demeure l'un des fondements de tout État, notamment de nos démocraties par ailleurs fragilisées pour mille raisons. Si bien que le rôle de l'avocat est plus que jamais essentiel au maintien de cet équilibre précaire, son éloquence placée au service de cette cause essentielle.

Par conséquent l'avocat, pour se faire entendre, pour se faire comprendre, ne doit pas hésiter, parfois, à bousculer les usages.

Le 7 janvier 2015, la France fut plongée dans l'horreur avec une série d'attaques terroristes qui frappèrent au cœur de la liberté d'expression. Ces événements ont profondément marqué le pays et suscité une onde de choc mondiale. En effet, ce mercredi matin, deux frères, Saïd et Chérif Kouachi, lourdement armés, ont fait irruption dans les locaux de l'hebdomadaire satirique *Charlie Hebdo*. Armés de kalachnikovs, ils ont assassiné douze personnes, dont des dessinateurs, des journalistes et un policier chargé de la protection de Charb, le directeur de la publication. Après le massacre, les assaillants ont crié qu'ils avaient vengé le prophète avant de prendre la fuite. Ils se sont ensuite retranchés dans une imprimerie à Dammartin-en-Goële, où ils ont tenu en haleine les forces de l'ordre pendant plusieurs heures.

Parallèlement, une autre attaque a visé un magasin hypercasher à Paris, où Amedy Coulibaly a assassiné quatre personnes. Ce dernier a été abattu lors d'un assaut simultané avec celui mené contre les frères Kouachi, également neutralisés.

Bien que les auteurs directs des attaques aient été abattus, l'enquête a permis d'identifier un réseau de complicités plus large. Ces personnes, bien qu'elles n'aient pas directement participé aux tueries, avaient joué un rôle essentiel dans la logistique, le financement ou la préparation de ces actes terroristes.

Le procès des complices présumés des attentats de janvier 2015 a débuté en septembre 2020. Quatorze personnes ont été jugées pour avoir apporté une aide logistique aux terroristes. Le procès a été exceptionnellement filmé dans son intégralité. Parmi les accusés, certains étaient jugés en leur absence, notamment Hayat Boumeddiene et les frères Belhoucine, qui avaient quitté la France avant les attaques. Peter Cherif, un djihadiste français lié à Al-Qaïda dans la péninsule arabique, a également été jugé pour son rôle présumé dans l'inspiration de l'attentat contre *Charlie Hebdo*. Bien qu'il niât toute implication directe, il était accusé d'avoir facilité la venue de Chérif Kouachi au Yémen, où ce dernier aurait reçu des instructions pour l'attaque.

Lors des trois procès, Grégory représentait Paulus Bolten, veuf de la psychanalyste Elsa Cayat, assassinée dans les locaux du journal pour lequel elle tenait une chronique. Le rôle des parties civiles n'était pas d'emporter la conviction des juges sur la culpabilité des terroristes, mais de dire et redire la peine de leurs clients en revenant sur le drame atroce et sur la personnalité des victimes évidemment innocentes.

Certains avocats ont cru devoir chercher dans leur plaidoirie l'infime étincelle d'humanisme pouvant subsister au tréfonds de l'âme des accusés. Au contraire, Grégory fut très agressif. Alors que l'usage veut que l'on plaide pour la cour, il s'est retourné à plusieurs reprises vers les accusés pour les interpeller personnellement. Avant de proclamer davantage qu'une plaidoirie, un discours : « Monsieur le Président, Mesdames, Messieurs de la Cour, comme l'a écrit Samuel Beckett, il ne s'agit pas de dire ici ce qui n'a pas encore été dit, mais de redire, le plus souvent possible, et dans un espace plus réduit, ce qui a déjà été dit. J'ai donc l'honneur de porter devant vous (avec mon confrère Nathanel Teboul du barreau de Jérusalem) : la voix, la souffrance et peut-être l'espoir de Paulus Bolten, le veuf d'Elsa Cayat, assassinée dans les locaux de *Charlie Hebdo*. "N'aie pas peur, disaient-ils, calme-toi. Je ne te tuerai pas, tu es une femme. On ne tue pas les femmes. Mais réfléchis à ce que tu fais. Ce que tu fais est mal. Je t'épargne et puisque je t'épargne, tu liras le Coran." Voilà ce que Kouachi a dit à l'oreille de Sigolène Vinson. Voilà ce que Kouachi n'a pas dit à l'oreille d'Elsa Cayat. Nous sommes le 7 janvier 2015, Elsa est morte, assassinée par Kouachi. Pourtant, Elsa avait lu le Coran. Elle en connaissait d'ailleurs quasiment chaque sourate, chaque idiome. Selon Paulus, elle en avait retenu un verset, référencé 29 au chapitre 18. Ce verset énonce : "Dis-leur que la vérité vient de D…, quiconque veut croire, qu'il croie. Et quiconque ne veut pas croire, qu'il ne croie pas." Voilà ce que dit le Coran, référence à l'appui. Elsa Cayat est née à Sfax en Tunisie, dans une famille juive. Elle vit dans une communauté maghrébine pendant quatre ans et se revendique – l'expression est bien à elle – "athéiste pratiquante". Elle a intitulé son dernier ouvrage : *Noël, ça fait vraiment chier...* Éminente psychanalyste, reconnue par ses pairs, Elsa est sollicitée par *Charlie Hebdo* pour y tenir une chronique, "sur le divan". Elle y rencontrera tous ceux qu'elle appelait "sa seconde famille". À la ville, Elsa est la femme, l'amie, la confidente de Paulus. Paulus Bolten est né le 11 octobre 1955 à Amsterdam et Paulus Bolten est mort le 11 octobre 1955 à Amsterdam. Il n'y a dans mon propos, monsieur le Président, mesdames, messieurs de la Cour, aucune erreur. Voilà l'histoire d'un homme qui est né le jour où son grand frère est mort. Celui-ci se prénommait Paulus... Bolten. Leurs parents ont fait un choix difficile : celui de prénommer leur dernier fils comme celui qui venait de décéder. Depuis le 11 octobre 1955, Paulus Bolten porte donc le prénom de son frère mais aussi la mort de son frère. Et lorsque aux alentours de 8 ou 10 ans, les enfants vont jouer avec leurs parents au jardin, Paulus Bolten, lui, va avec son papa, pèleriner son frère au cimetière. À l'âge de 10 ans, il lit donc son propre nom... sur la tombe de son frère. Voilà l'histoire d'un garçon qui vit avec la mort depuis 1955 et voilà un garçon à qui vous avez contribué, messieurs (regard vers les accusés) à servir la mort une deuxième fois, celle d'Elsa. Depuis 2015, Paulus Bolten a arrêté de travailler. Il a, selon ses propres mots, perdu les pédales, fait "un peu n'importe quoi"... Il a quitté l'appartement qu'il occupait avec Elsa et s'est installé dans une cave, au sous-sol d'un immeuble sordide, à proximité d'une gare. Il a développé, d'un point de vue psychologique, une angoisse quasi-permanente, n'est plus allé chez le coiffeur, ne s'habille que d'oripeaux, sort peu et ne voyage plus. Ses relations avec sa fille adorée Hortense, qu'il a eue avec Elsa, sont belles mais délicates. L'autorité et la paternité sont devenues hésitantes, teintées de gêne. Paulus Bolten n'a pas souhaité assister à ce procès, il me disait encore hier soir au téléphone qu'il avait davantage envie de retrouver Elsa et de poursuivre, enfin, leurs discussions enflammées. Ils ont vécu trente-trois ans ensemble. Il a 27 ans quand il la rencontre, elle en a 22. Elle étudie la psychiatrie à Saint-Antoine et s'installe avec lui dans 12 m² à Paris, qu'il faut chauffer avec quatre radiateurs électriques. La semaine, il travaille dans la bande dessinée, elle révise, ils n'ont pas d'argent et le week-end, ils font l'amour parce qu'ils n'ont pas assez pour aller au restaurant. Elsa, dans les mots de Paulus, c'est une intelligence exceptionnelle sublimée d'un corps de rêve. Elle est pied-noir, il est néerlandais, elle est passionnée de psychanalyse, se dit elle-même “mariée à Freud et Lacan” ; il est féru de philosophie, les livres inondent leur appartement, parfois en trois, en quatre exemplaires tous écornés, raturés, annotés. À la maison, elle incarne progressivement la rigueur, devient la mère et demeure toujours la complice. Chaque soir ils passent deux à trois heures dans son cabinet, derrière la porte capitonnée de ses consultations, d'où s'évaporent les fumées de cigarettes qu'elle grille à longueur de journée. Ils échangent, débattent, se racontent et s'engueulent souvent, face au divan de velours crasseux, sur lequel vous auriez pu, messieurs, être invités à vous allonger. Comme le raconte si bien Emmanuel Chaussade dans son dernier ouvrage dédié à Elsa, elle vous aurait apostrophé dès le pas de la porte, avec sa gouaille légendaire : "Aloooooors ! Racontez-moi !!!" bouillonnant de curiosité sincère, d'altruisme, d'envie de comprendre, de construire, déconstruire mais surtout d'aider, d'apaiser… les angoisses, les paradoxes, les démons. Monsieur le Président, mesdames, messieurs de la Cour, j'ai envie de faire revivre Elsa dans cette salle ! Elle est assise là, dans son fauteuil de cuir brun, sa longue chevelure noire indisciplinée, ses lunettes posées en couronne, elle porte ce pull surdimensionné, surmonté d'un châle moelleux… Elle semble avoir toujours froid, Elsa, mais elle réchauffe tellement en déchiffrant les souffrances de ceux qu'elle confie. Elle a le regard noir, Elsa, très noir, elle transperce l'âme, déterre les frayeurs et crie victoire par des "ouaiiiiii" encourageants qui surprennent mais qui redonnent espoir… à chacun… même le plus corrompu d'entre nous. Elle fume, elle écoute, elle veille. Et auprès d'elle, la vie rebascule, du bon côté. Il aurait pu y avoir un début de psychanalyse messieurs, il n'y aura pas de fin. Elsa Cayat avait reçu des menaces. Par email et par téléphone. Paulus Bolten avait essayé de la dissuader d'aller à *Charlie*. Il n'aimait pas *Charlie*. Il ne lit pas *Charlie*. Il n'en goûte pas la plume, ni l'humour. Et alors ? Fou était celui qui pensait contraindre Elsa, la dissuader ou la faire taire. Elle se fichait des menaces. Elle n'avait pas peur des mots. Elle aimait les mots parce que seuls les mots délivrent. Elle avait écrit : "Dans les mots, se trouvent les clés de notre liberté et la possibilité de jouir de la magie de la vie et du monde." Elsa a été assassinée. Assassinée pour des images. Pas pour des mots. Voici ceux que Paulus Bolten voulait faire résonner à votre audience pour voir revivre, un court instant, son grand amour. Avant d'en terminer, monsieur le Président, mesdames, messieurs de la Cour, et parce qu'il n'appartient pas à la partie civile que je suis de suggérer une peine, je voudrais suggérer une image. Au fond de cette image, on devinerait les grandes colonnes de pierre de notre Palais de Justice. Au premier rang de cette image, la Cour bien sûr que vous composez, devant laquelle se tiendraient deux vendeurs de mort, deux fournisseurs de crime, deux distributeurs de malheurs. En haut à droite de cette image, on devinerait le Prophète, trépigner d'impatience pour les accueillir et les punir. Et puis en bas à gauche de cette image, on verrait Elsa, à terre, en sang, dans une lumière au-delà de l'obscurité, leur dire Ô combien leur combat est vain. Cette image, monsieur le Président, mesdames, messieurs de la Cour, n'est pas une caricature, c'est la réalité que vous avez à juger. »

Autre décor, même stratégie. Nous sommes à Genève où des clients de Grégory sont poursuivis par une banque en recouvrement d'un prêt un peu particulier : ils l'ont souscrit en euros mais doivent le rembourser en francs suisses. Ces emprunts présentaient des conditions favorables à leur origine, mais comportaient un niveau élevé de risque en raison de leurs taux variables, qui correspondaient au taux de change entre l'euro et le franc suisse. Dans la mesure où, depuis des décennies, le franc suisse n'avait pas bougé, les clients de Grégory étaient rassurés. Mais, au moment de rembourser, il leur fut demandé quatre fois la somme prêtée. Et comme c'était un prêt pour l'acquisition d'un appartement, celui-ci fut automatiquement hypothéqué, suivi de menace de saisie immobilière, d'expulsion, etc. C'est devenu le scandale des prêts toxiques.

Selon l'usage, Grégory était accompagné par un avocat suisse qui devait juste faire les présentations.

Dans le couloir du palais, une conversation pour le moins surréaliste s'engagea entre les deux confrères.

— Nous n'avons pas de robe, l'informe le confrère suisse, nous plaidons en costume civil.

— Je suis avocat français, lui répond Grégory. Je plaiderai en robe.

— Il faut faire très court, poursuit l'avocat suisse, il faut faire très court parce que le juge ne veut pas qu'on reste longtemps. Alors, vous plaidez le rappel des faits en deux phrases, vous donnez vos arguments et on s'en va.

— Si vous le permettez, rétorqua Grégory, j'ai fait le déplacement, l'appartement de mes clients est hypothéqué et, au vu des risques et des sommes en jeu, je compte y passer le temps qu'il faut.

Après que l'avocat de la banque eut parlé quelques minutes, ainsi que le veut l'usage, ce fut au tour de Grégory de prendre la parole. Moment d'hésitation. Que faire ? S'exprimer quelques minutes pour ne pas déranger ou agir pour convaincre ? Il décida de bousculer les usages et se lança dans une longue plaidoirie. Il décrivit la détresse absolue de ses clients, tapa sur le bureau pour dire sa colère contre les pratiques de la banque, renversa ses feuilles de notes, donna lecture de la clause litigieuse, lentement, fit appel aux belles lettres, à la compassion du juge, au droit comparé franco-suisse, au bon sens…

« Ça passe ou ça casse », se disait-il en son for intérieur. Plus il plaidait, plus il sentait qu'il dérangeait ; ce n'était pas pour lui déplaire, tant il est persuadé que l'avocat, dans sa prestation, n'est pas là pour passer les plats. Mais la situation était tellement catastrophique pour ses clients, sur le paillasson de leur appartement, qu'il n'avait rien à perdre.

La décision devait être rendue deux mois plus tard. Trois semaines venaient de s'écouler lorsque Grégory fut contacté par l'avocat de la banque qui proposait finalement une transaction. La plaidoirie, en rupture des usages, avait-elle joué un rôle ? Nul ne le saura jamais.

Gilles-Jean a également connu la rigueur de la justice suisse ajoutée à la raideur de ses magistrats.

C'était en 2012, dans le cadre du procès Ségalat, une affaire qui fut très largement médiatisée, notamment en raison de la notoriété des protagonistes du drame. Directeur de recherche au CNRS, Laurent Ségalat, 46 ans au moment des faits, né du deuxième mariage de son père, avait 10 ans lorsque Catherine entra dans leur vie. Il l'avait toujours considérée comme sa « vraie mère » et parlait d'elle en disant « ma mère ». Généticien reconnu, notamment à travers ses ouvrages scientifiques – *La Science à bout de souffle*, qui venait alors de paraître, connaissait un beau succès – et son engagement dans le cadre du Téléthon. Il vivait à Thonon-les-Bains avec sa seconde compagne et leur fille de 5 ans.

Catherine Ségalat, née Perret, 67 ans, était d'origine neuchâteloise. Personnalité connue pour ses engagements, elle fut directrice de l'École d'études sociales et pédagogiques de Lausanne. Elle épousa dans les années 1970 Roger-Jean Ségalat, libraire d'ancien renommé, grand collectionneur, un érudit qui dirigea la publication de l'*Encyclopédie des grandes affaires criminelles* dont il rédigea de nombreuses entrées et qui lui valut d'être invité à l'émission Apostrophes en 1976. Outre la librairie, les Ségalat possédaient une imposante bâtisse à Vaux-sur-Morges, au lieu-dit Le Moulin, à l'écart des principales voies d'accès du côté suisse du lac Léman. Fatigué, sentant sa santé décliner, le père avait demandé à son fils de reprendre progressivement la librairie. C'est ainsi que, depuis quelque temps, Laurent Ségalat se partageait entre ses recherches scientifiques et la boutique de livres rares et anciens.

Le samedi 9 janvier 2010, alors que son père était hospitalisé depuis l'avant-veille pour de graves problèmes respiratoires, Laurent rendait visite à sa belle-mère. Il la trouva gisant dans une mare de sang, au rez-de-chaussée, en bas des escaliers menant au premier étage. À l'arrivée des secours, Laurent était épuisé, abattu, perdu. Le médecin s'étonna que le corps présente déjà des rigidités cadavériques qui ne devraient normalement apparaître que deux heures après le décès. Prévenue, la police protégea les lieux dans l'attente de l'identité judiciaire qui, une fois à pied d'œuvre, constata que le corps avait été déplacé et la pièce nettoyée. Laurent Ségalat portait, d'après le rapport de police, « de nombreuses griffures suspectes au visage, sur le cou, le thorax et des dermabrasions sur les mains » ainsi que « deux sparadraps, posés peu avant, au cou et au doigt ». Les enquêteurs en déduisirent qu'il s'était changé et avait parcouru toutes les pièces de la maison « soit pour y chercher des habits propres soit pour s'y laver ». Le drame, d'après leurs premières observations, avait dû se passer dans la buanderie qui servait d'entrée habituelle. Le médecin légiste examina le corps et en déduisit que les blessures de Catherine Ségalat étaient le fait d'un tiers plutôt que d'une chute dans l'escalier. Dès cet instant, la piste criminelle fut privilégiée. D'autant que la maison ne présentait aucune trace de cambriolage. Le vol, comme mobile du meurtre, était écarté. À aucun moment la thèse de l'accident ne fut étudiée ni même envisagée. Laurent Ségalat expliqua spontanément s'être lavé puis changé avant de désigner l'endroit où il avait déposé ses vêtements tachés de sang.

Les policiers l'embarquèrent. Examiné par des médecins, ceux-ci confirmèrent les lésions au cou, au visage et aux mains. Le suspect expliqua qu'elles seraient dues à la bague et à la montre de sa belle-mère qui l'auraient griffé lors de sa tentative de réanimation. Les légistes procédèrent à l'autopsie du corps de la victime et aboutirent à la conclusion qu'il s'agirait d'un meurtre commis avec une grande violence. Le décès résulterait de multiples traumatismes et fractures relevées principalement sur la tête, causés par un objet contondant tel un marteau, entraînant une importante hémorragie. Ils étaient incapables en revanche de situer précisément l'heure du décès.

Laurent Ségalat fut écroué. Les enquêteurs ne suivirent aucune autre piste. Sa culpabilité pour eux ne faisait pas de doute. Il sera entendu neuf fois et n'aura de cesse de clamer son innocence et de nier toute implication dans la mort de sa belle-mère. Tout au long du rapport de synthèse, la police vaudoise mit en cause la sincérité du suspect, avant même qu'il ne réponde aux questions. Pourtant, à lire les PV d'audition, Laurent Ségalat mettait de la bonne volonté, nonobstant l'état de choc dans lequel il se trouvait, ne cachant pas non plus son désarroi ou ses pertes de mémoire bien compréhensibles. Mais tout était retenu contre lui. Sa vie personnelle et professionnelle fut décortiquée et ses comptes épluchés. Les policiers cherchaient la faille, le mobile. Ils ne trouvaient rien, mais ils persistaient.

Le jour du drame, arrivé à l'entrée du rez-de-chaussée, il vit sa belle-mère à travers la porte vitrée, étalée en bas des escaliers dans une mare de sang. Lui prenant le poignet, il avait perçu un pouls très faible. Pour qu'elle n'ait pas froid sur le carrelage, il l'avait traînée avec beaucoup de difficultés dans la pièce voisine. Plutôt que de perdre du temps en appelant les secours – il ne connaissait pas le numéro spécifique à la Suisse et, les portables ne passant pas, il aurait dû monter à l'étage –, il décida de procéder aux gestes de premier secours. Il tenta seul une réanimation, alternant massage cardiaque et bouche-à-bouche et s'acharna pendant près d'une heure avant de prendre conscience de son décès. Il se décida alors à monter à l'étage chercher le numéro des urgences dans l'annuaire. En attendant leur arrivée, « par respect » pour sa belle-mère, il lui nettoya le visage, remit les vêtements qu'il avait enlevés pour le massage cardiaque, plaça un oreiller sous sa tête et se changea. Pour lui, il s'agissait d'un accident : sa belle-mère avait chuté dans les escaliers du fait d'une très grande fatigue et d'un manque de sommeil consécutif à l'hospitalisation de son conjoint.

Laurent Ségalat ne changera jamais de version. Les policiers ne trouvant pas d'autre ADN sur les lieux en déduisirent qu'il était seul ce soir-là et donc forcément coupable. Une fois encore, la piste de l'accident était purement et simplement ignorée, comme toute autre piste d'ailleurs.

En juin 2010, six mois après son incarcération, Laurent Ségalat décida de compléter son équipe de défense par un avocat français. Deux Suisses s'occupaient déjà du dossier, Me Stefan Disch et Me Marie-Pomme Moinat. Gilles-Jean le rencontra à la maison d'arrêt de Lausanne, l'écouta longuement et rentra en France persuadé de son innocence. Mais pour Laurent, son innocence était tellement certaine, tellement évidente, qu'il ne faisait aucun effort pour essayer de l'établir. Pour lui, la justice était une science exacte, comme la biologie. Pourtant, l'évidence elle-même a toujours besoin d'être étayée. Sans compter que certains faits jouaient en sa défaveur. Cette attitude aura pour conséquence fâcheuse qu'il adoptait parfois un air plus ou moins suffisant avec les enquêteurs, les médecins, le juge ou le procureur. Cet homme au tapis était tout bonnement en train de se faire laminer par la machine judiciaire suisse.

Peut-être Gilles-Jean était-il impressionné par ce quinquagénaire broyé, cassé, à bout ? Peut-être sa seule parole avait-elle suffi pour qu'il trouve un supplément de volonté et d'énergie pour le sortir de cet enfer aseptisé ? Reste qu'il s'entend encore lui dire :

— Puisque vous êtes innocent, on va se battre !

Laurent pensait que sa belle-mère était tombée dans les escaliers. Rien de plus. Une mauvaise chute. Fatale.

— Si c'est bien ce que vous pensez, nous devons frapper fort. Il me faut également pouvoir compter sur vous. Alors je vous demande de réagir !

C'est aussi le rôle de l'avocat de ne pas laisser son client mariner en vain, se ronger, se déliter à vue d'œil. Se tenir à ses côtés dans cette cellule, trouver les mots qui aident, ne pas craindre le combat, soutenir un homme plus qu'éprouvé, rien ne lui paraît plus normal. Rien de pire qu'une défense qui ronronne ou patine.

Avec l'accord de ses avocats suisses, ils décidèrent d'une batterie de désignations. Ils devaient s'entourer de nouvelles compétences. Les Suisses considérant de toute façon Laurent Ségalat coupable, hors de question de se contenter des quelques expertises locales. Gilles-Jean suggéra de faire appel au professeur Dominique Lecomte, patronne de l'Institut médico-légal de Paris, la spécialiste aux 20 000 autopsies, de reprendre le dossier. Et dans le même temps d'avoir recours à Daniel Zagury, un grand nom de la psychiatrie française, l'expert des « génies du mal », et à une criminologue, Anne-Rachel Van der Horst. Ne rien laisser au hasard. Telle était sa stratégie.

Quelques mois plus tard, la bombe Lecomte explosa. Selon son rapport d'expertise, Catherine Ségalat était tombée dans l'escalier. L'expert, avec l'accord du procureur, avait eu en main tous les éléments pour mener sa mission et avait pu procéder à toutes les investigations. Elle trouva d'ailleurs des traces latérales indiquant que Catherine Ségalat était tombée en arrière et avait heurté de la tête la quatrième marche qui montrait le même cisaillement que la ligne de fracture du crâne. La thèse selon laquelle une réanimation « musclée » aurait pu laisser des traces lui semblait tout à fait crédible. Elle ajouta surtout un élément extrêmement important : à partir des indices qu'elle avait pu vérifier et recueillir, notamment le bol alimentaire, elle pouvait approximativement donner l'heure non pas de la mort, mais de la perte de conscience qui bloqua le transit intestinal : entre 17 h 30 et 18 heures, donc à un moment où Laurent Ségalat ne pouvait pas être là. Cette analyse sera confirmée par la suite par un éminent spécialiste zurichois, le professeur Fried. Ces faits, scientifiquement établis, firent alors l'effet d'une bombe. La déflagration était énorme.

De son côté, Daniel Zagury affirma que rien dans la personnalité de Laurent Ségalat ne pouvait justifier un passage à l'acte violent, confirmant ainsi l'analyse de l'expert psychiatre suisse. S'il n'existe pas de mobile, il peut s'agir d'un acte irraisonné. Mais Daniel Zagury n'imaginait pas cet homme commettre ce geste insensé. L'affaire rebondissait. Pourtant, toutes les demandes de remise en liberté provisoire étaient refusées.

Le procès arriva fin mai 2012, deux ans et demi après les faits. Nous étions réalistes, c'est-à-dire sans grande illusion étant donné le tour qu'avait pris la procédure. Donc plutôt pessimistes. Par appréhension autant que par lassitude. Ce n'était pourtant pas le moment de mollir. Une centaine de journalistes et beaucoup de monde étaient attendus.

L'audience débuta très mal. À peine assis, le président, un homme très rigide, chauve, la moustache bien taillée, des lunettes en acier, interpella Laurent Ségalat en des termes violents qui ne manquaient pas de surprendre le public. Gilles-Jean cite de mémoire.

— Je ne vous donnerai pas deux fois la possibilité, monsieur Ségalat, mais il ne tient qu'à vous qu'on épargne une semaine de procès. Avouez ce que vous avez fait, libérez-vous de ce fardeau. Je ne vous le proposerai pas deux fois.

Pétrifié, son client se ratatinait sur son siège avant d'articuler péniblement qu'il était innocent.

Puis on entendit hurler le président :

— Ce n'est pas une cour d'école ici ! Arrêtez ou je fais évacuer le public !

En cause ? Laurent Ségalat qui venait de faire un petit geste de la main à ses enfants !

Sur ce, le président, très en colère, avait brandi deux lettres destinées au détenu et qui avaient été interceptées. Il fustigea le comité de soutien qui s'était constitué pour défendre l'accusé et parla de « menaces », de « méthodes fort critiquables », « d'orchestration ».

— Je suis extérieur à tout cela, tenta de se défendre Laurent Ségalat.

— Pas si sûr, rétorqua le président. J'en ai reçu un wagon de ces lettres. Le paquet végète chez moi… Vous auriez pu dire : "Calmez-vous !"

Le ton était donné. Gilles-Jean se voyait mal parti.

Il s'avère que l'une des lettres émanait d'Aurélia, une des filles de Laurent qui, du haut de ses 17 ans, parlait de l'incompétence des magistrats du canton, qui « sont déjà passés pour des nuls » et « n'ont pas intérêt » à refaire les mêmes erreurs.

Le procureur intervint :

— La semaine prochaine, cet enfant témoignera. Qu'elle sache que la justice peut leur demander des comptes, aux enfants.

Aurélia fondit en larmes dans le public.

— Ce n'est pas une terroriste, tenta Me Marie-Pomme Moinat. C'est une toute jeune fille qui se sent démunie et qui essaie d'aider son papa.

— Si on voulait indisposer le tribunal, on n'aurait pas fait autrement, réplique le président, oubliant que c'était là une correspondance privée et non une missive adressée au tribunal.

Ce même président, trop heureux sans doute « de tenir entre ses griffes ce Français "d'une intelligence supérieure" », comme s'est plu à le souligner Jean-Pierre Vergès dans *Le Journal du dimanche*, traitait Gilles-Jean, plus encore que les avocats suisses, comme quantité négligeable. Dès le premier jour, à 11 heures, survint le premier incident. Il se leva pour poser une question : le président le rabroua en lui demandant de se rasseoir. Puis, s'adressant à lui, montrant les deux lettres interceptées :

— Ces courriers, ça, ça n'est pas passé. Le téléphone qui sonne… ça vient de l'étranger, personne ne répond. Ce sont des petites choses…

Gilles-Jean rétorqua en lui coupant la parole :

— Je n'ai pas l'habitude, Monsieur le Président, que l'on me parle sur ce ton.

Le magistrat eut un geste de la main fort désagréable, presque méprisant.

— Je suis là pour défendre mon client, insista Gilles-Jean, et je n'ai pas encore posé de question. Je n'aime pas beaucoup ce type de remarque, ce manque de courtoisie élémentaire, cette manière de traiter les avocats comme des valets. Si cela devait se reproduire ne fût-ce qu'une autre fois, je m'en irai.

Tout cela devant le consul général de France, qui assistait aux débats. Dix minutes après, il recommença ! Gilles-Jean se leva.

— Je m'en vais. Je quitte le procès. À mon âge, il est hors de question que l'on me traite ainsi. Jamais en France on ne m'a parlé de la sorte.

Suspension immédiate d'audience. Palabres pendant quarante-cinq minutes dans la salle des délibérés. L'avocat interpella fermement le président dans un silence glacial :

— Je fais mon métier, je vous respecte, respectez-moi.

Il mit un peu d'eau dans son vin. Quelques gouttes à peine. Gilles-Jean revint à la charge, malicieusement :

— Je viens d'un pays de rugby. Quand la première mêlée se relève, il faut tout faire pour que le match se termine bien. Alors, faites un effort. Sinon nous ne parviendrons pas à passer sept jours ensemble.

La comparaison sportive détendit l'atmosphère. Mais la suite du procès se déroula dans des conditions difficiles, pour ne pas dire très dures.

Le procès finit cependant par adopter sa vitesse de croisière. Sans pour autant déroger à sa ligne directrice : confirmer la culpabilité de Laurent Ségalat.

Parfois Laurent Ségalat craquait : « Je n'en peux plus. On arrête. Ce qui m'arrive est épouvantable. Je ne l'ai pas tuée. Je suis quelqu'un de respectable et de respecté. On est en train de casser ma carrière et ma vie. Je ne saurai jamais si j'aurais pu la sauver ou non. J'ai tout fait pour. » La patronne de l'Institut médico-légal, Dominique Lecomte, appelée à la barre, se fit aussi malmener et dut dire combien elle avait perçu pour cette consultation privée ! Malgré l'absence de mobile, d'arme du crime, l'impossibilité de Laurent d'être présent sur les lieux au moment du drame, il passait pour coupable. Ils avaient affaire à des statues, des magistrats professionnels. Pas de jurés populaires.

Le jeudi 31 mai au soir, les débats étaient clos. Vint d'abord le réquisitoire, puis la plaidoirie de la partie civile. Le procureur général s'exprima trois heures durant : une éloquence terrienne bougrement efficace. Il requit seize ans de prison. Les plaidoiries de la défense étaient prévues pour le lendemain matin. Gilles-Jean, au regard des derniers jours d'audience, avait demandé à sa femme de le rejoindre en Suisse. À vrai dire, il ne pouvait plus rester seul et avait besoin dans la salle d'une présence, d'un soutien moral. Un regard suffit parfois.

Il fut décidé avec ses confrères qu'il plaiderait en deuxième.

Le jeudi soir, donc, il retrouvait sa femme dans leur chambre d'hôtel. Il fallait que le lendemain sa plaidoirie fût bouclée en quarante-cinq minutes, une heure maximum. Il y passa la nuit. Une nuit sans sommeil. Une nuit pour tout mettre en forme. Sa table de travail donnait sur le lac. Il vit le soleil se coucher, se lever, les bateaux partir au petit matin. Des heures d'une grande intensité mêlée d'angoisse. Et de doute aussi. Au milieu des deux plaidoiries des avocats suisses, techniques, il fallait créer une force qui bouscule tout. Un torrent en quelque sorte. Il sentait assez confusément être investi d'une mission non pas impossible, mais particulièrement délicate. Et que l'honneur de Laurent Ségalat reposait pour une bonne part sur les épaules de ses avocats. Débattre, quand un homme est coupable, pour savoir s'il mérite dix ou quinze ans de réclusion, est-ce important ? Bien évidemment. Mais là, ils jouaient gros : soit rien, soit seize ans.

Dans cette salle de la banlieue de Lausanne, d'une froideur incroyable, Marie-Pomme Moinat plaida la première : une quarantaine de minutes. Très technique, comme prévu, subtile et précise. Puis ce fut son tour. Sa voix devait être ferme. L'hésitation n'est pas permise en pareilles circonstances. Dès 5 heures, il s'était préparé en faisant des vocalises. À chacun son type d'échauffement, ses petits secrets.

Au moment où l'on se lève pour plaider, il faut immédiatement marquer son territoire. C'est une règle que nous connaissons tous. Ce que l'on a couché sur le papier la veille est fouillé, classé, hiérarchisé. Mais on doit tout de suite trouver le juste ton. L'indignation vis-à-vis des propos du procureur est souvent un bon prétexte. Là, c'était un peu difficile, le procureur général et la partie civile ayant plaidé la veille, Gilles-Jean ne pouvait pas rebondir à chaud. En se dirigeant vers la barre, il se souvint que l'avocat de la partie civile avait malencontreusement déclaré dans sa plaidoirie que le doute, c'est « la tarte à la crème des avocats ». Il se tourna alors vers lui :

— J'ai été surpris, choqué même d'avoir entendu hier dans la bouche d'une grande figure du barreau, en parlant du doute, que "c'est la tarte à la crème" de la défense. Comment un vrai pénaliste comme vous peut-il se laisser aller à tenir de tels propos ?

Sa voix fut immédiatement posée. Il avait trouvé l'intonation et le tempo. Il enchaîna aussitôt :

— Et j'ai de la peine pour vous, d'autant qu'en Suisse vous avez gravé le doute dans le marbre, à l'article 10 de votre Code de procédure pénale ! En France, nous ne l'avons toujours pas consacré de la même manière. Dans nos textes, il faut attendre l'article 304 pour qu'on parle effectivement du doute.

Il était parti. Il avait trouvé ses marques. Il se sentait à l'aise. Il ne lui restait plus qu'à dérouler sa plaidoirie pendant quarante-cinq minutes. Un moment de tension terrible.

« Nous le savons tous et nous ne trichons pas avec la règle du jeu : devant n'importe quelle instance, il faut pour condamner qu'on ait des certitudes absolues. L'approximatif n'a pas sa place dans une enquête comme celle-là. Alors on en est où, au bout de deux ans et demi de procédure, et de deux semaines de débat ? Pas de mobile. On a suivi toutes les pistes possibles, familiale, sentimentale, financière, successorale, celle de la librairie aussi. En vain [...]. Et nous savons qu'il n'y a pas de crime sans mobile. [...] Quand il n'y a pas de mobile, pas de crime ? Alors peut-être un geste fou. [...] Un geste gratuit ? Les experts psychiatres constatent que rien, dans la personnalité psychique et psychologique de Laurent Ségalat, ne peut expliquer un passage à l'acte violent. [...] Ce qu'ils ont dit ici, à propos d'un matricide, je lis : "Il faudrait des circonstances absolument extraordinaires, pas une simple querelle, pour que Laurent Ségalat en arrive à agresser une personne qu'il considérait comme sa propre mère."

À ce moment, il s'avança en direction des juges en leur disant :

— Il faut que vous intégriez tout cela dans votre réflexion.

Puis retournant à la table des avocats, en retrait de l'accusé :

« Or il n'y a pas ce quelque chose d'extraordinaire. Donc vous devez éliminer ce cas de figure. Et je continue. Pas d'aveux. Pas le moindre aveu. Et pourtant, il est d'emblée dans le collimateur. [...] En dépit de l'audition, pour le moins sévère, du 7 février 2010, Laurent Ségalat n'a jamais, pour l'essentiel, dévié de sa thèse initiale. Alors, pas de mobile, pas de geste fou, pas d'aveu. Et pas de témoin. »

Il ne devait pas perdre le fil et garder assez de souffle pour continuer à abattre ses cartes. Les unes après les autres.

« Deux observations, Monsieur le Président, concernant l'accusation. La première : une personne simulant une réanimation laisserait-elle un foulard autour du cou de la victime ? Et la deuxième : déplacerait-elle la personne dans la pièce voisine si elle veut faire croire à une chute dans l'escalier ? Vous-même n'y croyez pas. Ce serait aberrant en cas de simulation ! C'est le bon sens incarné ! Ces deux questions toutes simples montrent que l'acte d'accusation ne correspond pas à la réalité. [...] En fait, aucun élément à charge. Ah, j'allais oublier : pas d'arme ! Et pourtant il y a eu des battues, avec des centaines de gendarmes, des chiens, je crois. Ils sont même allés jusqu'à Thonon, comme s'il avait pu l'y cacher ! [...] Alors, quelle démarche intellectuelle suivre, sans aveu, sans témoin, sans mobile ni arme, pour condamner celui-ci ? C'est strictement impossible. Dois-je faire comme Me Barillon qui sort des colombes de son chapeau avec talent ? Non, je vais me contenter du doute. Il est là, et nous le sentons tous rôder dans ce prétoire. »

Et d'aligner des arguments forts, irréfutables, implacables. Pour arracher la décision finale.

« Alors, Monsieur le président, de toutes mes forces, je vous dis : il faut l'acquitter ! Et ce ne sera pas du tout un échec pour l'institution judiciaire. Reconnaître que l'on s'est trompé, c'est ce qui fait la force et la grandeur d'une vraie démocratie. »

Il était vidé. En nage. Mais plutôt satisfait. Interruption de quelques minutes avant que Stefan Disch prononce l'ultime plaidoirie de la défense. Un long et beau discours. Puis le président annonça que la décision ne serait pas rendue comme prévu d'ici quelques jours, mais le soir même à 17 heures. Surprise et crainte.

Ils revinrent donc au tribunal un peu après 16 h 30. Les journalistes se bousculaient. Une vraie meute. Des policiers en nombre. La garde multipliée par trois.

En quelques secondes, comme si la sentence avait été prise malgré lui, le président laissa tomber : « Monsieur, vous êtes relaxé. » Pas « acquitté », mais « relaxé ». Durant une longue minute, l'incompréhension était totale dans cette salle surchauffée. Nul ne savait s'il avait bien entendu. Gilles-Jean demanda si « relaxé » signifiait « acquitté ». Le président répondit que son client était « blanchi de tout ». Et tout s'accéléra. Laurent Ségalat alla chercher ses affaires à la maison d'arrêt, et rentra chez lui, en France.

Le lendemain, le quotidien suisse *24 heures* titrait : « Le talent vertigineux des avocats de la défense ». Le sentiment du devoir accompli. L'éloquence au service d'un innocent.

En appel, Laurent Ségalat fut condamné à seize ans de prison pour le meurtre de sa belle-mère. Un procès expédié en un jour et demi. Le Tribunal fédéral confirma sa culpabilité, mais réduisit sa peine à quatorze ans de prison. Cependant, Laurent Ségalat ne s'était pas présenté au verdict du second procès pour éviter d'être arrêté à l'issue de l'audience. La Suisse émit un mandat d'arrêt international à son encontre, mais la France n'extrade pas ses ressortissants.

Nous restons convaincus que l'éloquence doit déranger, bousculer, s'imposer, si elle veut contribuer à convaincre.

Elle peut parfois faire appel à l'humilité.

En 2001, une hôtesse travaillant sur un yacht à Cannes accuse Johnny Hallyday de l'avoir violée. Elle affirme que l'incident s'est produit dans la nuit du 28 au 29 avril 2001, lorsque Hallyday aurait frappé à la porte de sa cabine sous prétexte de demander de l'eau, avant de la violer. Évidemment, Johnny Hallyday nie farouchement ces accusations.

L'affaire fait grand bruit. Johnny, cet artiste complet et universel, capable depuis des décennies de remplir des stades et de réunir un public composite, venant de tous les milieux et de tous les horizons, est un monstre sacré, une bête de scène, une légende vivante. Sa carrière et l'engouement inimaginable qu'il suscite parlent d'eux-mêmes. Peu d'individus peuvent se targuer d'appartenir à ce point au patrimoine national.

Dès le départ, Gilles-Jean, avocat de Johnny, prend conscience que l'affaire est beaucoup plus compliquée qu'il n'y paraît. En dehors de l'accusation elle-même, grave et infamante, les conditions sont loin d'être réunies pour un traitement serein et objectif du dossier. Et le contexte général n'est pas favorable à la défense.

En raison d'abord de la personnalité du procureur de la République, Éric de Montgolfier, dont il est évident qu'il ne fera aucun cadeau. Ce magistrat controversé ne connaît que le rapport de forces. Nommé à Nice en 1999 par décision d'Élisabeth Guigou, alors garde des Sceaux, pour y « faire le ménage », il s'était déjà fait connaître du grand public en 1993, alors qu'il était procureur de Valenciennes, dans le cadre de l'instruction de l'affaire du match truqué VA-OM, où était impliqué Bernard Tapie. Dans le même temps, il avait instruit une affaire de double billetterie mise à jour lors d'un concert de

Johnny au stade Nungesser de Valenciennes, mettant en examen pour faux et usage de faux et plaçant en détention provisoire le directeur artistique et organisateur des concerts du chanteur, Jean-Claude Camus. L'affaire s'était finalement soldée par un non-lieu. Il était à craindre que Montgolfier se montre particulièrement combatif.

Les faits reprochés à Johnny s'étant déroulés à Cannes, l'affaire aurait dû être gérée à Grasse. Mais par un artifice procédural – de prétendues menaces auraient été proférées à Nice contre la plaignante –, le procureur a gardé le dossier. Il faut également avoir à l'esprit que Montgolfier est en difficulté à Nice. Chargé de remettre de l'ordre, il s'en est pris à des élus de droite, à des juges et aux « influences maçonniques » dont il dénonce le « culte du secret ». Pugnace, volontaire, ne maniant pas la langue de bois, celui qui se voulait être le chevalier blanc de la lutte anticorruption a finalement vu le système se retourner contre lui. Il est dans le collimateur de la nouvelle majorité au pouvoir, la réélection de Jacques Chirac en 2002 ayant mis fin à la cohabitation. En mars 2003, le rapport de l'IGS, l'inspection générale des services judiciaires, qu'il appelait de ses vœux, critique son action à la tête du parquet, l'accuse contre toute attente de colporter des ragots et suggère son départ de Nice. Entend-il se servir de Johnny comme d'un bouclier, une monnaie d'échange ? Le chanteur va-t-il payer ses amitiés dans les milieux politiques ? Certes, il a été marié avec Lætitia par Nicolas Sarkozy, alors maire de Neuilly, puis décoré par Jacques Chirac. L'ancien Premier ministre Jean-Pierre Raffarin a déclaré que « la France des Français, c'est la France qui écoute Johnny ». Et son amie Bernadette Chirac, filmée par *Canal* + dans les jardins du palais de l'Élysée en mai 2003, a été on ne peut plus explicite : « Les Français n'aiment pas que l'on attaque Johnny. C'est une très mauvaise opération de s'attaquer à lui ! » Mais il n'en demeure pas moins que Johnny n'est ni de droite ni de gauche.

Fragilisé, affecté d'être lâché par la Chancellerie, Éric de Montgolfier peut-il prendre le risque d'un nouveau désaveu que constituerait un non-lieu ?

Autant d'inconnues que le bâtonnier Portejoie doit intégrer dans l'équation qui lui est soumise.

Mais, au regard de l'ambiance générale, une évidence s'impose d'emblée : Johnny Hallyday doit s'effacer au profit de Jean-Philippe Smet. La vedette doit disparaître derrière l'homme. Le pseudonyme doit laisser place au nom de naissance. Il convient de rétablir un équilibre. Dès lors, le chanteur fit preuve d'une humilité à toute épreuve, se comportant comme un simple citoyen sans jamais demander le moindre passe-droit. Et, chaque fois qu'il était interrogé, il répondait avec une simplicité touchante. L'éloquence, c'est quelquefois la modestie et la simplicité, surtout si elle est orchestrée par la défense. C'est également savoir trouver les mots pour conduire son client dans la bonne direction et adopter le meilleur comportement.

L'enquête a été marquée par des contradictions dans les témoignages et des accusations de subornation de témoins. En 2003, une information judiciaire a été ouverte, mais Johnny Hallyday n'a jamais été mis en examen. Il a été entendu comme témoin assisté. Finalement, en 2006, le parquet a prononcé un non-lieu faute de preuves suffisantes, confirmé par la chambre de l'instruction d'Aix-en-Provence.

V
De grandes figures de l'éloquence

« Toutes les fois que jaillira du cœur d'un honnête homme ce torrent de pensées et de paroles qu'on nomme l'éloquence, il jaillira en même temps du cœur de sa nation un cri d'admiration et de sympathie. Jusqu'à présent il n'est rien que les hommes éclairés aient salué avec plus d'enthousiasme que la véritable éloquence. »

Charles Forbes, comte de MONTALEMBERT,
Des intérêts catholiques au XIXe siècle, 1852

De nombreux avocats ont donné des exemples marquants de l'éloquence judiciaire à travers le temps. Maurice Garçon (1889-1967) fut l'un des meilleurs de sa génération. Il a produit sur le sujet un livre (*Essai sur l'éloquence judiciaire)* qui n'a pas pris une ride. Grand orateur, académicien, ce juriste hors norme a défendu des écrivains comme Simenon, Carco, ou l'éditeur Jean-Jacques Pauvert (qui bravait la censure en éditant Sade), dans un procès en appel devenu célèbre où Bataille, Cocteau, Paulhan furent cités comme témoins.

Très anticonformiste, d'un naturel insolent, il était habité par un humour sans borne. L'écrivain Paul Morand, élu par l'Académie française à la place rendue vacante par sa mort, fit son éloge dans son discours de réception sous la coupole. Quelques mots suffisent à cerner le personnage : « Eût-il défendu l'assassin de quelque malheureuse coupée en morceaux, qu'il eût sans doute démontré au jury que la malle était vide. Je crois ne pas offenser mes amis avocats en disant qu'il y a dans toute défense une part de prestidigitation. »

Ce maître du prétoire a également défendu René Hardy, soupçonné d'avoir favorisé, sinon « vendu » Jean Moulin à la Gestapo. Son *Tableau de l'éloquence judiciaire* (1943) célèbre les grandes étapes de cet art oratoire majeur et les avocats qui restent dans l'histoire, attachés à la défense de quelques causes ou affaires célèbres. Si la plupart des noms et affaires cités ne sont connus que des spécialistes, le mérite d'un tel panorama est justement de vulgariser et d'offrir au curieux la possibilité de se familiariser avec de grandes plaidoiries passées.

Mais il serait faux de penser qu'aujourd'hui l'art oratoire judiciaire est tombé en désuétude, loin de là.

Reprenons Maurice Garçon, dans son *Tableau de l'éloquence judiciaire :*

« Parmi les arts, celui de la parole est le plus décevant de tous. Les paroles qui s'échappent, ailées, des lèvres de l'orateur, s'évanouissent et ne laissent qu'un souvenir dans le cerveau oublieux de ceux qui les ont entendues. Les plus beaux discours, lorsqu'ils sont recueillis, trahissent souvent leurs auteurs. La vie en est absente, il ne reste que la froideur d'un texte sans mouvement, alors que l'œuvre n'a parfois brillé d'un suprême éclat que par sa vie et son mouvement. Il ne devient, trop souvent, qu'un devoir de rhétorique un peu froid et plus ou moins bien réussi.

« Cependant, en dépit de tous ces obstacles, certaines plaidoiries d'avocats, lorsqu'ils se doublent d'écrivains, constituent de magnifiques pages d'anthologie. Elles honorent notre langue. Parmi les orateurs qui se sont illustrés dans le domaine judiciaire, quelques-uns ont atteint une perfection qui a permis à leurs œuvres, recueillies et publiées, de rivaliser avec celles des plus grands artistes. » Précisions d'importance.

Garçon commence son panorama en citant un contre-exemple, témoignage d'une époque où les arguments avancés étaient servis par une rhétorique amphigourique. Le plaidoyer de Claude d'Expilly (1561-1636), prononcé en 1604, fut un long étalage de renseignements inutiles, de considérations oiscuses jugées alors nécessaires. Il se pourrait qu'il inspirât Racine pour sa seule comédie, satire féroce du monde judiciaire, *Les Plaideurs.* Ce n'est pas ici la folie légaliste de la comtesse de Pimpesche, mais la requête d'un vieil horloger de Romans, Laurent Grégoire, qui demande que les consuls de Grenoble, qui l'avaient engagé pour l'entretien des horloges de la ville, honorent leur contrat après l'érection de l'horloge du Pont détruite puis reconstruite après un siège. La péroraison, truffée de renvois en latin et de répétitions, laisse rêveur sur la force des arguments avancés dans le seul but qu'un vieil horloger perçoive des arriérés.

« Mais il y a trente ans et davantage que le contrat est fait : c'est donc hors de temps et de saison de demander cette caution, le droit ne le permet. [...] Et de le vouloir faire retirer sous prétexte de son âge, c'est un mauvais exemple pour les serviteurs de la ville, que devenant vieux ils seront chassés, comme les valets de Caton, ou le chien envieilli chez Ésope. Partant, nous adhérons aux conclusions prises par le demandeur, fors en ce qui regarde les arrérages par lui demandés, pour raison desquels il se doit pourvoir par requête séparée. »

En réaction contre autant de mauvais goût, les humanistes s'insurgèrent pour stigmatiser « l'abus des citations, l'absurdité des digressions oiseuses, la fausse culture, caractérisée par un inutile usage du latin et du grec ». Et parmi eux, Étienne Pasquier (1529-1615), ami de Montaigne et de Ronsard, prit la tête du combat. Brillant avocat reçu en 1548, son talent si ce n'est son génie lui valut de plaider quelques-uns des plus grands procès du temps, notamment les intérêts de l'université contre les jésuites et ceux de la ville d'Angoulême voulant rester fidèle au roi, contre les visées de son frère.

L'influence des grands humanistes fut considérable sur le Palais. Les avocats voulurent dégager la plaidoirie de son carcan artificiel. Le style s'épura, tel qu'en témoigne le plus célèbre d'entre eux : Antoine Lemaistre (1606-1658). Adulé dès ses 21 ans, il fut nommé sept ans plus tard conseiller d'État et considéré « comme l'honneur et la langue du Parlement » au point que, quand il plaidait, les grands prédicateurs faisaient en sorte d'être présents. À 29 ans, il mit fin à sa carrière d'avocat. Ses plaidoiries furent publiées en 1651 par un domestique indélicat, puis corrigées par leur auteur alors retiré à Port-Royal à la suite d'un deuil familial. Vite épuisées, elles restèrent un modèle du genre. Le début de celle prononcée dans une affaire de séduction illustre à merveille l'incontestable brio d'un grand maître de l'art oratoire du barreau :

« Il est difficile de juger en cette cause, si l'appelant est plus coupable, ou l'intimée plus malheureuse. Car, après qu'il lui a ravi son honneur sous des promesses de mariage, confirmées par des serments exécrables, et par des actions dignes du démon d'amour qui les a produites ; après qu'il l'a rendue grosse, et exposé son crime et la misère de l'intimée, à la vue de tout le monde, qu'il a cherché des remèdes à ce mal qui étaient encore plus abominables que le mal même, et qu'il a tâché de devenir parricide de peur de devenir père, il vient aujourd'hui ajouter l'infidélité à l'incontinence, et la déshonorer par ses injures, après l'avoir déjà déshonorée par ses actions.

« Il veut lui ravir la seule consolation qui lui reste, de n'avoir pas été la première cause de son infortune. Il veut ruiner par ses calomnies ce peu d'honneur que son crime lui a laissé, que le lieutenant criminel d'Angoulême lui a voulu arracher, et que la cour lui conservera sans doute, puisqu'elle est armée de la majesté des lois, pour la défense de la faiblesse des filles, pour la punition de la tromperie des ravisseurs, et pour la censure des injustices des officiers. »

Et pour clore une fort longue plaidoirie, une péroraison en forme de supplique : « Ne rejetez pas ses plaintes, messieurs. Avancez par votre arrêt la preuve d'un crime si odieux, que le lieutenant criminel a voulu étouffer par ses injustices. Ne souffrez pas que l'appelant ait ravi l'honneur à ma partie, qu'il ait corrompu sa vertu, qu'il ait trompé sa crédulité, qu'il ait voulu lui faire perdre son fruit, qu'il ait déchiré sa réputation, qu'il ait attenté à sa vie, et que toutes ses actions, qui doivent être expiées par la mort ou le mariage, soient couronnées de l'impunité. Qu'il ne triomphe pas, messieurs, de la faiblesse de l'intimée, des larmes de ce pauvre père, ni de la puissance de votre justice. Mais que votre arrêt apprenne à mes parties qu'il suffit d'être offensé pour recevoir la vengeance d'une injure ; à l'appelant, qu'il suffit d'être ravisseur pour éprouver la sévérité des lois ; et au lieutenant criminel, qu'il suffit de favoriser un rapt pour participer à la honte de l'expiation qui s'en doit faire. »

Patru (1604-1681) fut à l'éloquence judiciaire ce que Malherbe ou Boileau furent aux vers français. Homme d'esprit pétri d'humanité, sachant mêler le plaisant et le frivole parfois au sévère, à la fois enjôleur, spirituel, audacieux ; ses plaidoiries furent le parfait reflet de son temps et de l'amour des âmes bien nées pour une langue souple, élégante, incisive. Lors de sa réception à l'Académie française, celui qu'on surnommait le Quintilien français prononça un remerciement si remarquable qu'on obligea par la suite les nouveaux élus à déclamer une harangue, tant et si bien que c'est à Patru que nous devons l'origine des discours de réception au sein de cette noble institution. Ce grand styliste, parfois un peu froid, introduisit, dans un souci d'éloquence cicéronienne, l'ordre et la clarté dans l'art de plaider qui, s'il restait solennel, manquait beaucoup de naturel au profit d'une efficacité du discours.

Maurice Garçon plante le décor d'une plaidoirie de Patru : « Un riche bourgeois de Château-Gontier, Julien Séguin, avait été assassiné. Sa veuve s'était constituée partie civile, mais, cinq jours plus tard, elle s'était désistée en soutenant que la modicité de sa fortune ne lui permettait pas de faire face aux frais de poursuite. Ce n'était qu'un prétexte. La vérité est qu'ayant appris que son mari, surpris en flagrant délit d'adultère, avait été tué par un jaloux, elle s'était dépitée et désintéressée de l'affaire. Sur ce désistement, l'accusé avait demandé à être absous, ou en tout cas, élargi. La veuve s'était déclarée d'accord. Maître Gratien Galichon, substitut du procureur général, au siège de Château-Gonthier, avait alors requis le tribunal d'obliger la veuve Séguin à faire les frais et à poursuivre l'assassin de son mari. Le tribunal avait fait droit à cette demande. La veuve fit appel de cette décision et Patru soutint les intérêts de Gratien Galichon. »

Voici comment Patru défendit cette cause pourtant bien anodine : « Or, messieurs, pour satisfaire à ma cause, je n'ai, ce me semble, que deux choses à montrer : la première, que ceux qui sont obligés à la vengeance d'un meurtre peuvent être légitimement contraints de la poursuivre en justice, ou de faire au moins les frais de la procédure ; la seconde, que l'appelante, comme veuve, était obligée de venger la mort du défunt. Quant au premier point, je dis, messieurs, que la loi, pour se faire obéir, n'a que deux voies : il faut ou qu'elle force de faire ce qu'elle ordonne, ou qu'elle punisse quand on a méprisé ses ordres. La première de ces deux voies, quoiqu'en apparence la plus rude, est pourtant la moins rigoureuse ; car, outre que c'est une espèce d'humanité que de prévenir le mal, pour n'être point obligé de faire des châtiments, qui ne sait d'ailleurs que jamais la loi n'exige rien sous quelque peine, que la peine ne pèse plus que ce qu'elle exige ? Autrement, et si même les choses n'étaient qu'égales, le hasard de l'impunité serait toujours pour la désobéissance, toujours pour le vice ou pour le crime. »

Patru ne fit pas que des émules. Certains résistèrent encore longtemps, d'autres hésitaient sur la manière de procéder. « On demeure confondu, commente Garçon lorsqu'on voit de grands avocats, que la préoccupation de leur renommée eût dû éloigner des plaisanteries basses, rechercher avec plaisir l'occasion de mettre leur talent au service de badinages indignes. » Mais, la voie tracée par Patru finit peu à peu par s'imposer. « Peu à peu, poursuit Garçon, tous les orateurs judiciaires, conduits d'ailleurs par les écrivains de leur temps, adoptèrent un ton où la mesure et le goût devinrent les qualités dominantes. Ils cherchèrent la clarté et leur manière de raisonner se ressentit de l'influence cartésienne. La belle phrase du XVIIe, solidement construite, harmonieusement cadencée et bien équilibrée, devint la règle. » À la recherche d'un classicisme français, les avocats s'inspirèrent des anciens, tels Cicéron et Quintilien.

Il en fut ainsi d'Omer Talon (1595-1652), puis de son fils Denys (1628-1698) qui lui succéda et s'imposa comme un grand orateur classique, précurseur immédiat de d'Aguesseau. Il s'illustra notamment dans l'affaire de Calvière par une interminable plaidoirie de plus de quatre-vingts pages. Garçon stipule à propos de cette affaire que « le récit est alerte, rapide, sans phrases inutiles. Il est écrit dans une langue pure qui ne contient plus aucune des fioritures que nous avons rencontrées dans les plaidoiries précédentes. La modération de la forme s'allie à la simplicité et aucune digression ne trouble l'attention, ni n'égare du véritable sujet ».

Un extrait : « Cette cause, également illustre et importante, n'a point besoin de préface : les événements en sont si extraordinaires et les circonstances si peu communes, qu'ils se soutiennent d'eux-mêmes sans ornement. L'on voit d'abord une fille, âgée de 10 ans, enlevée d'un monastère et traduite dans un château ; les ravisseurs poursuivis, condamnés à mort, et leur maison rasée. Ensuite, désespérés de conserver leur proie, ils remettent cette demoiselle entre les mains de son tuteur et obtiennent des lettres d'abolition qu'ils font entériner. Cependant, l'histoire n'est pas encore finie ; car, au moment où l'on pense à marier cette mineure, et que l'on est près de faire la cérémonie des noces, un premier mariage est produit, et l'on prétend qu'il doit être un obstacle au deuxième. Cet incident produit de l'émotion dans la ville : le gouverneur le prévient ; un officier de justice est commis pour informer, tandis que la pupille, remise dans la maison d'un prince, avoue le premier mariage, et en demande la confirmation. Mais son oncle et quelques-uns de ses parents s'y opposent ; d'autres le favorisent et approuvent son dessein ; en sorte qu'après avoir passé d'un couvent dans un autre, et avoir vu sa cause renvoyée dans différents tribunaux, elle obtient en sa faveur un arrêt dont l'exécution est suspendue. Enfin, elle attend aujourd'hui que l'oracle de la justice se prononce souverainement sur l'état de sa personne, et punisse son ravisseur ou lui donne un mari. »

Nul besoin de citer à nouveau un exemple tiré de d'Aguesseau qui incarne sans conteste le sommet de l'éloquence judiciaire classique ; il suffit de restituer les quelques mots que lui consacre Saint-Simon dans ses *Mémoires* : « Beaucoup d'esprit, d'application, de pénétration, de savoir en tout genre, de gravité, d'équité, de piété, d'innocence de mœurs, faisant le fond du caractère de M. d'Aguesseau. » Éloge d'autant plus marquant que le duc n'était guère porté à l'indulgence. Dans la personne du chancelier se concentrent toutes les qualités d'un siècle dont l'aboutissement était, pour reprendre Garçon, « le triomphe de la raison et de l'équilibre ». Nous pouvons ajouter celui du style dans sa plus haute noblesse et d'un art d'écrire et de convaincre où la fermeté s'assouplit par la plus exquise politesse, un raffinement qui passe le temps et les modes. La stature et la postérité de d'Aguesseau, loin de créer une émulation, risquaient surtout de condamner tout autre à la médiocrité et les reproches, souvent fondés, qu'il adressait à ses contemporains avocats ou juges, auraient même pu être fatals à l'expression de la plus haute éloquence. Ce ne fut pourtant pas le cas de son collègue Cochin (1687-1747) qui sut modifier le genre oratoire, favorisant la concision et la logique. Il voulut réduire la démonstration à une forme de syllogisme au point d'introduire par cette rigueur une unité organisée autour d'un argument unique. Le principal dûment choisi s'exerçait ainsi au détriment du particulier voire du superfétatoire. Il fut l'un des premiers à savoir improviser en se laissant aller à la manifestation des sentiments. Mais il ne nous reste presque rien de ces grands moments puisque, par humilité, leur auteur les détruisit. Le début de la plaidoirie cité ci-après illustre parfaitement la puissance du style et l'absence de détails parasites :

« Les religieuses de Maubuisson gémiraient encore en secret des désordres qu'elles vont exposer aux yeux de la justice, si la religion, si l'intérêt d'une maison qui leur est chère, si le respect qu'elles doivent à la mémoire de leur dernière abbesse, ne les avaient forcées de rompre le silence.

« Guidées depuis longtemps dans la route pénible des plus grandes austérités, par les exemples d'une pieuse princesse qui les embrassait toutes avec joie, elles n'ont trouvé dans celle qui lui a succédé qu'une délicatesse propre à détruire bientôt, par une contagion funeste, la réforme la plus solidement établie.

« Les fonds du monastère aliénés, les revenus dissipés, les fermes et les bâtiments dégradés ont fait craindre avec raison que l'abbaye ne se trouvât bientôt sur le penchant de sa ruine. Enfin la tyrannie exercée, même sur les consciences, a achevé de porter partout l'horreur et la désolation.

« Était-il permis à des religieuses, instruites des devoirs de leur état, d'être insensibles à des maux si pressants ? Et ne les aurait-on pas regardées comme complices de tant de désordres, si elles n'avaient enfin fait éclater leurs plaintes, peut-être trop longtemps retenues ?

« C'est donc ce qui les engage aujourd'hui, malgré elles, à donner au public le triste spectacle des troubles dont leur maison est agitée. »

Le XVIIIe siècle et la Régence commencèrent par une sorte de grande respiration qui se manifesta par toutes sortes de libertés et de débauches, bien différentes en cela de la sévérité pour ne pas dire de l'austérité du Grand Siècle. Les esprits semblaient respirer et les discours, faute de chercher l'excellence, s'essayaient à l'élégance et à la facilité, le raffinement l'emportait sur la rigueur, il s'agissait alors de plaire, à n'importe quel prix, à séduire en faisant preuve de finesse plus que d'une implacable logique. Marivaux triomphait au théâtre et les libertins dans les alcôves. Ils finirent même par envahir les prétoires et le Palais devint leur scène au grand dam des vieux tenants de la rhétorique classique. Gayot de Pitaval (1673-1743), par exemple, écrivain de second ordre, produisait beaucoup : des romans, un recueil d'énigmes, mais également une *Bibliothèque des gens de Cour* en sept volumes, compilation de mots d'esprit en vers et en prose, ou encore un recueil en vingt volumes de *Causes célèbres*. Il ne manquait pas d'esprit et proposait une espèce de délassement agréable en lieu et place de plaidoiries étayées. C'est ainsi qu'il gagna en 1732 un procès en responsabilité médicale. Voici le début de sa plaidoirie :

« Être payé d'ingratitude pour la guérison parfaite d'une maladie dangereuse ; pour récompense des soins qu'on s'est donnés, recueillir un procès et des injures : tel est le sort du sieur de la Roquette. Quelque sensible qu'il soit à un procédé si odieux, il souffre encore davantage d'être obligé, par la nécessité d'une défense légitime, de dire ce que le devoir de la profession l'obligeait à taire. Après tout, serait-il plus religieux sur le secret que Marie Autou lui a confié, qu'elle ne l'est elle-même ? Et puisqu'elle le publie à la face de la justice, ne le dispense-t-elle pas de le garder ? Cependant le sieur de la Roquette, quoique autorisé par toutes ces raisons, a balancé longtemps s'il révélerait une histoire scandaleuse qu'il voulait ensevelir dans un profond silence.

« Que Marie Autou, déshonorée par ce récit, ne s'en prenne qu'à elle-même. Elle accuse le sieur de la Roquette de lui avoir persuadé, aux dépens de la vérité, qu'elle avait une maladie honteuse. Elle lui demande des dommages et intérêts, à cause des ravages qu'un remède violent a faits dans sa bouche. N'est-il pas contraint, pour se justifier, de mettre au grand jour de la justice la vérité qui le blanchit et qui noircit en même temps son adversaire ? S'il avait une autre voie pour se défendre, il aurait été ravi de l'embrasser. »

L'époque était traversée de réformes et d'un nouvel esprit qui bouleversa jusque dans ses fondements la vieille institution : Montesquieu et son *Esprit des lois*, les travaux des Encyclopédistes, Jean-Jacques Rousseau puis Voltaire déplaçaient le curseur vers la résolution de conflits humains. L'esprit public était lui-même en pleine mutation grâce aux nouvelles doctrines sociales mises au goût du jour. Le public, et c'était une nouveauté, prit parti, les procès donnèrent lieu à des débats, sous l'impulsion sinon l'acharnement de Voltaire résolu à défendre Calas et tant d'autres. L'art oratoire suivit cette évolution et les arguments juridiques avancés par les avocats les amenaient à chercher, comme par contagion, des solutions à des problèmes philosophiques jusque-là éloignés du droit pur. On fit ainsi appel non seulement à la raison, mais aux sentiments. Loyseau de Mauléon (1728-1771) appartient à cette génération charnière, tout à fait représentatif d'un art de la transition. Il plaida notamment pour les enfants Calas, grand procès s'il en fut, et acquit une réputation et un renom presque sans égal. Il affectionnait les plans parfaits, impeccables, mêlant arguments de droit et morale. Pour preuve, le plaidoyer dans l'affaire Pilleron dont Garçon explique les enjeux : « Un collégien, puni par le directeur du collège de Montaigne pour une incartade, avait tué un porteur d'eau chargé de le fouetter. Il avait obtenu pour le meurtre des lettres de rémission. Par sentence du Châtelet, les lettres de rémission furent entérinées à charge de garder prison pendant un mois et de payer 1 200 livres de dommages-intérêts à la veuve.

« Le procès amena l'avocat moins à chercher des excuses qu'à justifier son client au nom des droits de la dignité humaine et du respect de la personne. »

Les premières phrases de la plaidoirie donnent le ton :

« Vous voyez à vos pieds un jeune homme que le Roi vous envoie pour consommer l'ouvrage de sa juste clémence, par l'entérinement des lettres de rémission qu'il lui a accordées. Pilleron croyait n'avoir à obtenir de votre ministère que la pleine confirmation de l'ordre équitable qui l'absout ; mais on le force d'implorer encore votre justice contre une demande en dommages et intérêts. Cette demande semblerait annoncer que c'est à lui que la veuve Boucher doit demander compte du sang de son mari. S'il est triste pour lui que cet obstacle ait retardé le moment de sa liberté, il y trouve du moins l'occasion précieuse et chère à un cœur innocent, de rendre dans cette audience sa justification plus publique. »

La seconde moitié du XVIIIe siècle vit deux grandes figures d'orateurs judiciaires auréolées d'une incroyable renommée. Gerbier (1725-1788), d'abord, qui fut académicien et sut transcender la forme sinon la pensée, les idées directrices de ses plaidoiries par force émotion, une allure, l'art du geste et de la voix, en un mot, le mouvement. Il savait enflammer le débat et l'élever, transporter son auditoire et l'on sait que la foule se pressait à l'audience comme au théâtre au point de transformer le procès en un spectacle. Son concurrent direct, Target (1733-1807), inscrit au barreau à 23 ans, fut élu à l'Académie en 1785, avant d'être député du tiers état aux États généraux. Il devint un républicain modéré qui refusa, pour ne plus adhérer à l'Ancien Régime, d'être l'avocat de Louis XVI. Nous reproduisons le début de sa plaidoirie pour la rosière de Salency (que le seigneur du coin voulait réformer voire abolir), demeurée célèbre pour son style plein de tact et de grâce.

« Il est un lieu sur la terre où la vertu simple et naïve reçoit encore quelques honneurs publics ; ce lieu est loin de la politesse et du luxe des villes. C'est un village de Picardie. Là s'est maintenue, à travers les révolutions de douze siècles, une cérémonie touchante, qui fait couler des larmes, une solennité auguste par sa vénérable antiquité et par ses salutaires influences : là, le pur éclat des fleurs qui couronnent tous les ans l'innocence en est à la fois le prix, l'encouragement et l'emblème. L'ambition y dévore aussi les jeunes cœurs ; mais c'est une ambition douce : la conquête est un chapeau de roses. L'appareil d'un jugement public, la pompe de la fête, le concours qu'elle attire, les regards fixés sur la pudeur qui s'en honore en rougissant, la simplicité du prix, image des vertus qui l'obtiennent, la tendre amitié des rivales qui, en relevant le triomphe de leur reine, cachent, au fond de leur âme honnête, la timide espérance de régner à leur tour, tous ces traits ensemble donnent à ce spectacle unique un appareil imposant et gracieux, qui fait palpiter tous les cœurs, fait briller dans tous les yeux les larmes de la vraie volupté, et change en passion la sagesse. Ce n'est pas tout d'être irréprochable, il est un genre de noblesse, il est des preuves qu'on exige, noblesse non de dignité et de rang, mais d'innocence et d'honnêteté. Ces preuves doivent embrasser plusieurs générations du côté du père et de la mère. Ainsi, toute une famille est couronnée sur une tête ; le triomphe d'une seule est la gloire de tous, et le vieillard en cheveux blancs, qui pleure de tendresse sur la victoire remportée par la fille de son fils, reçoit en effet lui-même à côté d'elle le prix de soixante années de vertus. Par là, l'émulation devient générale pour un honneur commun ; chacun criant, par une action moins délicate, de détrôner ou sa sœur ou sa fille. La rose promise à la plus sage, attendue avec émotion, distribuée avec justice, fixe la bonté, la droiture et les mœurs dans toutes les maisons ; elle y attache le meilleur des peuples au plus paisible des séjours. »

Le procès victorieux fit tant de bruit que nombre de seigneurs instaurèrent des élections de rosières sur leurs terres.

Maurice Garçon résume à merveille l'esprit de cette seconde moitié du XVIIIe siècle et sa mutation sous l'influence des philosophes : « La tendance qu'avaient les orateurs du Palais à se transformer en moralistes s'affirma à mesure qu'on approchait de la Révolution. Dans le bouillonnement des idées neuves, tout devenait prétexte à discussion pour leur propagation. Les débats judiciaires servirent à affirmer ou à contester les principes sociaux les plus généraux. Les procès dégénéraient en disputes qui sortaient des prétoires et débordaient jusque dans la rue. Des hommes étrangers au barreau s'y mêlaient et disaient leur mot. Voltaire écrivait des pamphlets, Beaumarchais rédigeait lui-même ses mémoires, Lally publiait des libelles pour réhabiliter son père injustement condamné, La Chalotais faisait imprimer des brochures énergiques et véhémentes pour obtenir justice. On faisait appel à l'opinion publique et on l'ameutait. Les avocats firent succéder une éloquence humaine et pathétique à la correction mesurée du Grand Siècle. On discutait moins qu'on ne disputait. L'agitation des esprits avait sa répercussion sur les discours. Les plaidoyers ne devinrent souvent que chaleur et emportement. On rêvait trop de bouleverser l'ordre établi pour laisser les règles de la rhétorique gêner la liberté de s'exprimer. »

Linguet (1736-1791) était sans doute le plus représentatif de cette époque en mouvement. Après une vie pour le moins agitée, il défendit les Noirs de Saint-Domingue contre la tyrannie des Blancs, fut jeté en prison et, demandant à être jugé pendant la Terreur, fut condamné à être guillotiné pour « avoir encensé les despotes de Vienne et de Londres ». Outre cette exception notable, la Révolution ne fut pas à proprement parler un temps propice à l'éloquence judiciaire. Les orateurs hors pair comme Mirabeau se consacrèrent à la politique, Robespierre, lui-même avocat, en est la parfaite illustration. L'ordre des avocats allait disparaître, victime d'un temps et d'un régime qui avaient tout simplement supprimé la liberté de parole. Les grands avocats de l'Ancien Régime, outre ceux déjà cités, Tronchet,

Duveyrier, Tronçon-Ducoudray, Lacretelle, n'innovaient pas : « Refusant de se plier au langage nouveau, commente Maurice Garçon, ils se réfugiaient dans une Antiquité revenue à la mode, pour se soustraire à la vulgarité. Le rappel des institutions libérales et patriotiques des Romains et des Grecs leur était une transition facile pour échapper à une logomachie qui n'était pas leur fait. Ils conciliaient ainsi leur besoin de goût et de mesure à la nécessité de ne point déplaire, qui est une condition essentielle pour convaincre. En même temps, ils subissaient malgré eux l'influence de l'évolution générale. Leur sensibilité s'était affinée. Les événements extérieurs avaient rendu leur imagination ardente. Ils firent la transition entre l'Ancien Régime et la venue d'une école nouvelle précédant le romantisme. » Parmi les avocats qui soutinrent ainsi une tradition en voie d'évolution, il faut citer Poirier, Delacroix-Frainville et surtout Bellart (1761-1826) qui avait la fâcheuse habitude d'improviser sans véritable plan. Mais de sa grandeur d'âme jaillissaient des fulgurances. En 1791, il eut à défendre en appel Joseph Gras, condamné à mort pour avoir tué sa fiancée prise en flagrant délit d'adultère. « Tout l'intérêt réside dans l'affaire elle-même, sans considérations extérieures, analyse Garçon. L'orateur veut gagner son procès et ne cherche pas à se tailler un succès personnel. L'utilité prime tout, et les faits sont présentés avec une simplicité humaine, une pénétration psychologique, et un caractère dramatique jamais encore rencontrés.

Pour la première fois, on se trouve en présence de la plaidoirie qui, pendant un siècle, sera, avec toutefois des variantes, le type de la plaidoirie d'assises. » Ainsi, Bellart parvint à faire écarter la préméditation et sauva la tête de son client.

« C'est avec une terreur profonde, je l'avouerai, que je me suis chargé du poids de cette déplorable cause. Je viens disputer à la vengeance publique la vie d'un accusé... la vie d'un accusé ! Que ces mots sont imposants ! qu'ils doivent nous pénétrer tous d'une religieuse attention !... Qu'il serait affreux pour moi, surtout pour moi, seul et dernier dépositaire de cet immense intérêt, de négliger le moindre des moyens qui peuvent le protéger. Si donc, au milieu de cette crainte trop légitime qui m'agite, il m'arrivait de vous présenter parmi ces moyens quelques moyens hasardés ; parmi mes considérations que je dois vous développer quelques considérations trompeuses, veuillez ne les pas moins écouter avec indulgence, songez qu'il ne m'est pas permis, dans la position délicate où je suis placé, de m'en rapporter sur le choix de mes arguments à mon sens tout seul, parce qu'une erreur de ma part aurait de trop funestes conséquences. [...]

« Joseph Gras est convaincu, je ne dois ni ne veux le dissimuler, d'un acte de violence véritablement atroce, commis dans un terrible moment de délire. Il est prouvé dans le procès et principalement par ses aveux, qu'il a tué de sa propre main, une femme qu'il aimait, en lui portant vingt-deux coups de couteau. Je sens que tout le monde doit frémir à cette idée ; moi-même, je le confesse, je frissonne en proférant seulement ces mots. Cependant je viens défendre Joseph Gras. Je viens vous prouver que son action, de quelque nature qu'elle vous paraisse au premier coup d'œil, n'est pas, dans l'acception de la loi, dans un langage, un crime punissable de mort. »

Supprimé en 1790, l'Ordre des avocats fut rétabli en 1810. L'état du barreau ne s'était guère amélioré et seuls quelques anciens, des réfractaires, avaient su conserver les traditions, maintenir vivantes la discipline, la formation et servir de lien entre l'Ordre dissous et l'Ordre reconstitué, sans négliger pour autant les principes de l'éloquence judiciaire et sa puissance. Mais Napoléon détestait les avocats. Il s'en servit comme de domestiques du pouvoir, sans jamais les aimer. Les plus brillants d'entre eux, tels Portalis, Tronchet, Bigot, Duveyrier, Bercer, n'eurent jamais l'occasion de donner la pleine mesure de leur talent à la barre. La raison en est simple : l'éloquence judiciaire se nourrit de liberté et cette dernière n'était pas rentrée d'exil. Il fallut attendre 1830, pour qu'un des premiers actes du gouvernement révolutionnaire de Louis-Philippe leur accorde de pouvoir s'exprimer avec indépendance. Sous la Restauration cependant, l'art oratoire avait repris son essor au Palais sous l'impulsion de grands noms tels que Lainé, de Serre ou Martignac ; l'éloquence marchait alors de pair avec la politique et nombre d'avocats jouèrent un rôle de premier plan à la barre et à la tribune :

« On cessa de larmoyer et d'invoquer la nature chère à Jean-Jacques, précise encore Maurice Garçon, mais en même temps, on resta dans un domaine positif ennemi des vains ornements qui avaient donné tant de froideur aux orateurs de l'époque d'Aguesseau. Ce néo-classicisme du barreau entretint une discipline qu'on aurait pu craindre de voir disparaître et faute de laquelle le discours est sans tenue et broussailleux. La langue resta pure. Quelquefois, toute la plaidoirie tend à se confondre avec l'œuvre d'un sermonnaire. La faute en est que, par réaction contre certains excès, la société était guindée. Heureusement l'indépendance d'esprit qu'on avait puisée dans la Révolution fournissait souvent, pour faire balance, une hardiesse de pensée et de forme qu'on avait ignorée sous l'ancien régime. »

Dupin (1795-1846), lui-même fils d'avocats et trois fois député, plaida en février 1821 pour la maréchale Brune. Le procès en contumace ne permit pas de véritables débats et tout fut jugé sur pièces, sans l'accusé, sans la déposition d'aucun témoin. Le maréchal Brune, présenté à tort comme l'assassin de la princesse de Lamballe, fut assassiné par des émeutiers royalistes, alors même qu'il rejoignait Louis XVIII. Les assassins étaient connus, mais le gouvernement n'était pas pressé de condamner un crime légitimiste. Après la lecture de l'acte d'accusation, Dupin prononça une harangue demeurée célèbre dont nous donnons le début et la fin :

« Mme la maréchale Brune ne vient point exhaler devant vous une plainte envenimée. Bien que douloureusement affectée, ce n'est point aux passions qu'elle veut parler : elle n'adresse de vœux qu'à la justice ; c'est dans son temple qu'elle vient rendre les derniers devoirs à son illustre et malheureux époux : elle ne demande vengeance qu'aux lois ; elle l'attend avec confiance de leurs dignes organes, de ces magistrats sur lesquels toute la France a les yeux et qui, les premiers, justifiaient la confiance du prince et l'espoir de la nation, ont dépouillé le crime du titre affreux de représailles sous lequel on avait tenté de l'ennoblir et lui ont enfin restitué ses peines et son infamie. [...]

« Et puis, revenant presque aussitôt à des sentiments plus calmes, elle se disait : “Mais non, justice me sera faite, même en ce monde : l'esprit de parti ne peut pas triompher éternellement de ma juste douleur. L'impunité ne saurait être constamment la sauvegarde du crime. Les gouvernements sont établis pour le punir et non pour le couvrir de leur égide ; les magistrats sont institués pour le poursuivre, et non pour le protéger. La justice des hommes ne peut me rendre le bonheur ; mais elle me rendra la paix, qui suit toujours l'accomplissement, quelque pénible qu'il soit, d'un grand devoir. Hé bien, j'irai ; oui, j'irai partout, demander cette justice aux juges qu'on m'aura donnés. Ils verront ma douleur, mes larmes, mon désespoir ; quels qu'ils soient, ils en seront touchés ; ils ne résisteront pas à l'évidence des preuves :

un arrêt solennel condamnera les assassins du Maréchal ; un arrêt solennel affranchira la gloire de mon époux de l'odieuse et lâche imputation de suicide : cet arrêt, je le déposerai dans sa tombe, au jour des funérailles, à côté de ses restes chéris !" »

Sous la Restauration, Saint-Albin Berville (1788-1868) défendit Béranger pour ses chansons et Paul-Louis Courier, le célèbre pamphlétaire, qui avait écrit un *Simple discours* pour s'opposer à la souscription ouverte pour le rachat du domaine de Chambord en faveur du duc de Bordeaux. Un exemple de plaidoirie d'une parfaite clarté qui traite son sujet avec une remarquable maîtrise, une perfection oratoire qui ne suffit pas à empêcher la condamnation de Courier à deux mois d'emprisonnement.

« Seriez-vous offerts à l'estime publique en apôtres des mœurs et de la vérité ? Seriez-vous traduits en criminels devant la Cour d'assises ? Qu'a fait de plus l'auteur que je défends ? À l'exemple des écrivains les plus austères, il a opposé aux vices brillants des cours la simplicité des vertus rustiques ; il s'est indigné contre des scandales ; on s'est scandalisé de son indignation ; il a plaidé la cause de la morale publiquement outragée ; on l'accuse d'avoir outragé la morale publique. Je ne dois point vous dissimuler, messieurs les jurés, l'embarras extrême que j'ai éprouvé lorsqu'il s'est agi de préparer la défense de cette cause. Ordinairement, l'expérience des doctrines du ministère public que nous partageons rarement, mais que du moins nous avons appris à connaître, nous permet de prévoir en quelque façon le système de l'accusation, d'en démêler l'erreur et de méditer nos réponses. Ici, je l'avoue, j'ai vainement cherché à deviner le système du ministère accusateur ; il m'a été impossible de concevoir par quels arguments, je ne dis pas raisonnables, mais du moins soutenables, on pourrait trouver dans les pages incriminées un délit d'outrage à la morale publique, et l'accusation doit, à l'excès même de son absurdité, l'avantage de surprendre son adversaire et de le trouver désarmé. »

L'école romantique exerça son influence presque en même temps dans le roman, le théâtre et dans les débats judiciaires. « La raison en est, explique Maurice Garçon, que l'éloquence judiciaire servant à débattre des problèmes d'une humanité souvent inquiète et douloureuse, devait trouver de merveilleux ressorts dans les formules pittoresques, attachantes et dramatiques mises à la mode par Hugo et ses amis. Un des caractères essentiels du romantisme est l'exagération, et la discussion orale des passions qui font l'objet des procès porte facilement à l'excessif. On vit des avocats, entraînés par l'inspiration et pleins de souffle, peindre de larges fresques. Ils étaient descriptifs, abondants, surabondants même. Leur richesse verbale était grande, ils recherchèrent la couleur. Certaines plaidoiries sont comparables aux tableaux de Delacroix, se jouant des disciplines jusque-là respectées, faisant éclater les compressions académiques et bousculant le code des traditions reçues. C'est un jaillissement continuel et tumultueux d'images, de comparaisons, de cris, d'invocations qui atteignirent parfois le sublime en évitant le burlesque de justesse. »

Berryer (1790-1868), entre autres, illustre à merveille le nouvel éclat de l'éloquence judiciaire. Grand avocat, député légitimiste et cependant libéral, bâtonnier de Paris et académicien, il possédait selon ses contemporains un talent oratoire incomparable, prompt à la riposte et toujours habité par une vigueur infatigable. En 1834, il défendit le sous-lieutenant de La Roncière qui, comme nous le dirions aujourd'hui, avait sexuellement abusé d'une mineure de la bonne société, Mademoiselle de Morell, choquée par l'intrusion nocturne d'un amant pressant, couverte d'ecchymoses. Sauf que la prétendue victime, atteinte d'une hystérie toute romantique, avait tout inventé ! La vérité mit fort longtemps à se manifester. Les dernières phrases de la péroraison illustrent le brio de ce grand plaideur :

« Mais, messieurs, si l'honneur de cette famille que je défends m'est cher, l'honneur du général La Roncière est aussi sous votre sauvegarde. Jugez le fonds du procès ; jugez par les aveux ; jugez par les preuves, par les impossibilités ; voyez si Marie de Morell est coupable d'un faux témoignage, car, pour que l'accusé fût innocent, il faudrait qu'il y eût un faux témoin, et ce témoin serait l'infortunée Marie. Qu'est-ce à dire ? Elle aura troublé le cœur de son père et de sa mère ; elle aura lancé d'Estouilly dans un duel ; elle se sera déclarée mordue, meurtrie, déchirée, tout cela par un faux témoignage ; elle se sera exaltée dans la passion du crime, de manière à se donner une maladie terrible, dont l'invasion phénoménique ne saurait laisser aucun doute !

« Messieurs, je ne cherche pas à vous émouvoir par mes paroles, dans une cause qui intéresse notre raison et remue tous les sentiments de notre âme. Mais permettez-moi une seule réflexion. Si, dans une pareille lutte, l'honneur de Marie de Morell succombait ; si vous déclarez menteuse Marie de Morell, âgée de seize ans ; si La Roncière est acquitté, n'en doutez pas, il se dira, avec une joie insultante et triomphante, et les honnêtes gens se diront avec désespoir, ces mots d'une lettre anonyme : "À quoi sert d'aimer le bien ?" »

Dans cette affaire, l'accusé était défendu par un autre ténor du barreau, occasion d'un duel, sinon d'une joute mémorable, Chaix d'Est d'Ange (1800-1876) qui, pour sa part, conclut par ces mots :

« Je suis chargé, moi, de vous dire que l'accusé est innocent ; et je vous le dis, et je vous l'affirme, remplissant ici une mission qui demandait peut-être quelque courage et devant laquelle… je dois en convenir, j'ai quelque temps hésité. Mais c'est une noble chose, ah ! laissez-moi le dire, messieurs, oui, c'est une noble chose pour un avocat, c'est un beau droit pour lui que de s'emparer d'une affaire contre l'opinion publique égarée, que de défendre un malheureux poussé vers l'échafaud par d'aveugles préventions, que de se raidir contre des hommes qui jugent sans savoir, prononcent sans connaître, qui vous entourent de leur défiance et de leur défaveur, parce qu'ils ne savent pas un mot de la défense et s'empressent de juger sur l'accusation. Oui, c'est une noble et sainte mission que la nôtre, quand un homme est innocent, quand il est abandonné par les siens, renié par ses amis, maudit par tout le monde, de se placer près de lui et de le défendre, comme le prêtre qui s'attache au patient et qui, à travers les clameurs du peuple, l'accompagne jusque sur l'échafaud et le renvoie absous devant Dieu ! Eh bien ! moi, je m'attache à cet homme innocent ; au milieu des préventions et des murmures, j'élève la voix pour lui, et le renvoie absous devant les hommes... Et vous, à votre tour, vous maintenant, messieurs, allez remplir votre devoir. Au milieu des incertitudes qui nous accablent, des invraisemblances qui, de tous côtés, s'élèvent ; au milieu de ce mystère qui nous entoure et nous demeure impénétrable, mettez la main sur votre conscience et prononcez. Allez : c'est la vie ou la mort que nous attendons de vous ! »

La Roncière ne fut réhabilité que quinze ans plus tard.

L'éloquence judiciaire n'a, au fil des siècles, cessé d'évoluer. Sous le Second Empire, elle bénéficie, si l'on peut dire, de la démocratisation progressive, bien que lente, de la société. Le style devient ainsi de plus en plus accessible à une foule qui, jusque-là, à de très rares exceptions près, était absente des prétoires. On peut donc dire que cet art à l'origine très élitiste varie selon la qualité et le nombre d'auditeurs à convaincre. Si la Révolution fit du Palais de justice une place publique, celle-ci n'était remplie dans un premier temps que du personnel des lieux, conseillers, juges, avocats, procureurs, huissiers. Mais, en raison de la presse, toujours plus présente, donnant aux débats une publicité grandissante, il fallut par nécessité composer avec l'opinion et se mettre ainsi à la portée des masses, plus composites que jamais. Dans cet esprit, il est aisé de comprendre que l'on chercha, dès le romantisme, à satisfaire à l'utilité plus qu'à la forme. Il s'agissait désormais de troubler son auditoire par un échange d'homme à homme, avancer des arguments susceptibles de toucher, d'émouvoir un jury, pure émanation populaire, capable de pleurer comme au théâtre, au spectacle du récit d'une tragédie. Ainsi, la mise en scène des plaidoiries s'accommodait d'élans passionnels parfois exagérés propres à remuer un public doté de fort peu de culture, ou privé de formation classique. Lachaud (1818-1882), élève de Berryer, voulut dans ce nouvel environnement arracher au jury des verdicts nourris de sentimentalisme excessif plutôt que de raison. Porté par un feu romantique volontiers larmoyant, il employait à dessein des procédés oratoires conduisant au pathétique, abusant de métaphores et des « grosses ficelles » utilisées pour servir les intérêts de son client et toucher un public dénué de culture. En novembre 1860, Mme Thiébaut était jugée à Versailles pour avoir, avec la complicité de son frère, vitriolé la maîtresse de son mari, une jeune artiste, Léonie Turc. La méthode Lachaud fut d'une telle efficacité que ladite Thiébaut fut acquittée, jurés et public en larmes. Le début et les dernières envolées de la plaidoirie permettent de saisir l'ampleur du talent de cet orateur d'un genre nouveau.

« La femme que je défends s'est révélée dans toute sa grandeur, il n'est pas un de vous qui ne serait heureux de l'appeler sa fille.

« Et cependant, on demande sa condamnation ! On fait des distinctions, on vous apporte une sorte de thermomètre de la colère, en marquant le degré où elle doit s'arrêter. Elle a déchiré la peau de celle qui lui a déchiré le cœur, elle doit être punie ! Elle a frappé, qu'elle donne de l'argent, 30 000 francs, 40 000 francs, beaucoup d'argent, et que la concubine reçoive de la femme légitime un encouragement annuel et viager : dérision ! […]

« Aucune souffrance n'a été épargnée à cette malheureuse femme. Ce frère qui est près d'elle, il a une femme, il a quatre enfants ; il est aussi sur ce banc parce qu'il a trop aimé sa sœur et elle, le voyant entraîné dans son malheur, elle s'écria : "Mais je suis donc maudite ! mais Dieu m'a donc abandonnée ! la pitié est pour une fille de joie, pour moi tous les malheurs !"

« Non, pour cette femme, il est un terme au malheur immérité ; ce terme est arrivé ; rendez-la, messieurs, rendez-la à sa fille, rendez-la à ses amis. Elle avait des amis, elle en aura plus encore. Elle avait peur de la publicité ; qu'elle se rassure, tous ceux qui l'auront vue l'aimeront, tous ceux qui liront ces débats voudront l'aimer.

« Pardonnez-moi de vous avoir retenus trop longtemps, messieurs les jurés. Si j'ai insisté outre mesure, c'est que, lorsque nous rencontrons dans notre carrière des natures comme celle-là, nous ne croyons jamais avoir assez fait pour les mettre en relief et les sauver ; à vous de couronner mon œuvre, messieurs les jurés ; à vous de proclamer tout haut ce que tous ici nous disons tout bas. »

Maurice Garçon, dans son admirable panorama, souligne quelques traits majeurs de la condition de l'orateur judiciaire, surtout à l'aube de l'établissement de la démocratie moderne, soumise à de profonds bouleversements sociaux et politiques : « Lorsque l'avocat est de bonne qualité, sa forme demeure correcte et, même si on peut reprocher à l'argumentation de faire peu appel à la raison, le discours conserve une fière allure. Mais si l'avocat est médiocre et porté à se montrer démagogue, la plaidoirie devient pitoyable. Ce ne furent parfois que cris, imprécations, métaphores qui amenèrent, même en dehors des débats politiques, et particulièrement au cours des affaires correctionnelles, d'impardonnables négligences. La plaidoirie que Gambetta prononça devant le tribunal de la Seine, le 14 novembre 1868, est de grande classe et reste une œuvre de premier plan. Le futur tribun avait alors 30 ans. L'Empire avait engagé des poursuites contre Delescluze pour avoir prononcé un discours séditieux. La parole de Gambetta est passionnée et frémissante. Par moments, surtout dans la péroraison, les périodes atteignent le sublime. Les phrases sont larges, harmonieuses et bien cadencées. Jeune encore, il avait le génie du verbe. La forme est correcte, l'épithète riche, l'inspiration ailée. Mais que d'interpellations ! que d'interjections ! »

Voici un extrait de la plaidoirie de Gambetta (1838-1882) :

« Mais, messieurs, est-il possible que le 2 décembre ait été l'œuvre de la volonté nationale ? Est-il possible que la volonté d'un peuple ait employé la force pour renverser la légalité et le droit ? Pour détruire le peuple lui-même ? On ne peut accepter cela ; et remarquez-le, messieurs, on ne tend à rien moins qu'à vous surprendre, à vous arracher un jugement dans lequel on dirait : qu'attendu que le 2 décembre est conforme à la morale, à une mission latente qu'avait reçue le Prince, les gens qui sont tombés à la barricade du droit ont été justement frappés. Que vient-on parler ici du plébiscite, de clauses ratificatoires ? Voilà, en effet, un bel argument tiré de l'article 1358 du Code civil, et transporté dans ce domaine sinistre qui ne s'y attendait guère... Ah ! cinq millions de suffrages ne vous suffisent pas ! Au bout de dix-sept ans de règne, vous vous apercevez qu'il serait bon d'interdire la discussion de ces faits à l'aube d'une ratification posthume émanée d'un tribunal correctionnel. Non, il n'en sera pas ainsi ; non, vous ne donnerez pas, vous ne pouvez pas donner cette satisfaction, car, pour ce procès, il n'existe pas de tribunal en dernier ressort : il a été jugé hier, il le sera demain, après-demain, toujours, sans trêve et sans relâche, jusqu'à ce que la justice ait reçu sa suprême satisfaction. Ce procès du 2 décembre demeurera, quoi qu'on fasse, survivant et ineffaçable à Paris, à Londres, à Berlin, à New York, dans le monde entier, et partout la conscience universelle portera le même verdict. »

Parmi les grands moments d'éloquence judiciaire, certains n'ont pas été déclamés dans un prétoire, mais comme dans le cas du très grand texte de Victor Hugo, sur des planches, dans un théâtre. Pour s'opposer à la peine de mort, il écrivit un ardent récit plus de cent cinquante ans avant que celle-ci ne soit abolie. Il fait parler un condamné anonyme qui allait bientôt mourir guillotiné. Hugo fait appel à la pitié de son lecteur et de l'auditeur, et les met, en somme, en face de cet homme qui va mourir exécuté et qui expose sa souffrance, ses sentiments, son angoisse et l'horreur que son état lui inspire :

« Condamné à mort ! Quoi que je fasse, elle est toujours là, cette pensée infernale, comme un spectre de plomb à mes côtés, seule et jalouse, chassant toute distraction, face à face avec moi misérable, et me secouant de ses deux mains de glace quand je veux détourner la tête ou fermer les yeux. Elle se glisse sous toutes les formes où mon esprit voudrait la fuir, se mêle comme un refrain horrible à toutes les paroles qu'on m'adresse, se colle avec moi aux grilles hideuses de mon cachot ; m'obsède éveillé, épie mon sommeil convulsif, et reparaît dans mes rêves sous la forme d'un couteau. »

En faisant fi de la chronologie, il est judicieux de faire suivre ce texte d'une profondeur dramatique terrible par un extrait de la plaidoirie de Badinter lors du procès en 1977 de Patrick Henry, reconnu coupable de l'enlèvement et du meurtre d'un enfant âgé de 7 ans et qui servit de tribune contre la peine de mort. Badinter, futur ministre de la Justice de Mitterrand, fut son conseil et obtint, malgré l'émotion suscitée par son crime, qu'il ne soit pas condamné à mort, mais à la réclusion à perpétuité.

« Vous allez voter maintenant, avait-il lancé aux jurés. Si vous votez comme M. l'avocat général vous le demande, je vous le dis, le temps passera, ce sera fini. Et puis, il y aura un autre crime affreux. Et puis, vous y penserez. Et puis, il y aura l'abolition. Et puis, un jour, vous direz à vos enfants que vous avez condamné un jeune homme à mort… Et vous verrez leurs regards ! »

Le 17 septembre 1981, dans un discours pour le moins animé, Badinter, alors le garde des Sceaux, demanda solennellement à l'Assemblée nationale d'approuver le projet de loi sur l'abolition de la peine de mort. Ce plaidoyer plus que célèbre prolonge en quelque sorte la plaidoirie du procès Henry. Le lendemain, le texte était adopté avec 363 voix contre 117 sur 486 députés votants. Le 30 septembre, les sénateurs l'adoptaient également en termes identiques avec 160 voix contre 126 sur 287 votants. La loi sera promulguée le 9 octobre 1981.

Voici un court extrait de ce fervent discours entré dans l'Histoire :

« Demain, grâce à vous, la justice française ne sera plus une justice qui tue. Demain, grâce à vous, il n'y aura plus, pour notre honte commune, d'exécutions furtives, à l'aube, sous le dais noir, dans les prisons françaises. Demain, les pages sanglantes de notre justice seront tournées.

« À cet instant plus qu'à aucun autre, j'ai le sentiment d'assumer mon ministère, au sens ancien, au sens noble, le plus noble qui soit, c'est-à-dire au sens de "service". Demain, vous voterez l'abolition de la peine de mort. Législateurs français, de tout mon cœur, je vous en remercie. »

Autre forme de plaidoyer, tout aussi célèbre, celui de Zola qui fait paraître à la une de *L'Aurore*, le 13 janvier 1898, une lettre ouverte au Président de la République titrée : « J'accuse. » Cette lettre réquisitoire fut écrite en réaction à l'acquittement du commandant Esterhazy, accusé d'être le véritable espion de l'affaire Dreyfus. Elle reste gravée dans la mémoire en raison de l'anaphore finale qui lui donne son titre, en citant l'un après l'autre les protagonistes de cette terrible affaire qui déchira durablement la France. Dès l'ouverture, le ton est donné :

« Monsieur le Président, me permettez-vous, dans ma gratitude pour le bienveillant accueil que vous m'avez fait un jour, d'avoir le souci de votre juste gloire et de vous dire que votre étoile, si heureuse jusqu'ici, est menacée de la plus honteuse, de la plus ineffaçable des taches ? Vous êtes sorti sain et sauf des basses calomnies, vous avez conquis les cœurs. [...] Mais quelle tache de boue sur votre nom – j'allais dire sur votre règne – que cette abominable affaire Dreyfus ! Un conseil de guerre vient, par ordre, d'oser acquitter un Esterhazy, soufflet suprême à toute vérité, à toute justice. Et c'est fini, la France a sur la joue cette souillure, l'Histoire écrira que c'est sous votre présidence qu'un tel crime a été commis. Puisqu'ils ont osé, j'oserai aussi, moi.

« La vérité, je la dirai, car j'ai promis de la dire, si la justice, régulièrement saisie, ne la faisait pas, pleine et entière. Mon devoir est de parler, je ne veux pas être complice. Mes nuits seraient hantées par le spectre de l'innocent qui expie là bas, dans la plus affreuse des tortures, un crime qu'il n'a pas commis. »

Le XXe siècle compte un assez grand nombre d'avocats éloquents, des plaideurs d'exception dont les noms claquent dans les prétoires et y résonneront encore longtemps, comme ces mots si bien choisis, ces phrases ciselées avec précision pour défendre une cause ou réveiller les consciences, portés par une éloquence au service de la justice. Ils défendent plus qu'un dossier ou une cause : ils travaillent à servir l'essence de la justice au nom du peuple français, et c'est cette caractéristique qui fonde l'honneur de toute procédure et signe l'engagement des défenseurs. Ils ne travaillent pas simplement pour un prévenu, un accusé, une personne, voire une société, mais pour un but plus élevé encore. Ils n'aspirent qu'à préserver leur client de tout excès, du jugement hâtif de l'opinion, recentrent les débats sur les faits et la personne, pour inscrire le jugement dans une autre dimension, la seule valide, la seule légale, celle de la justice des hommes.

Parmi ces grands avocats, certains sont demeurés célèbres comme Joseph Paul-Boncourt (1873-1972), avocat de la partie civile lors du procès Villain, l'assassin de Jaurès, et ses défenseurs qui obtinrent en 1919 l'acquittement de leur client, l'habile Alexandre Zévaès (1873-1953) et le redoutable Henri Géraud (1872-1962) dont les dernières phrases de sa plaidoirie restent un morceau d'anthologie.

« Ce verdict de pardon sera en même temps un verdict de bonté.

« Je peux dire aujourd'hui, puisqu'on peut parler de bonté, que le sacrifice n'a pas été inutile, et cette bonté vieille comme l'âme humaine elle-même, qui subit peut-être des obscurcissements, mais qui de nouveau rayonne, comme le sourire de la cathédrale de Reims qu'on a pu briser, mais qui renaîtra, cette bonté qui a fait l'admiration séculaire et la gloire éternelle de celui qui l'invoquait il y a deux mille ans, berçant la misère humaine sous les rameaux d'olivier, cette bonté, je l'exige de vous, je l'exige de vous en pensant au grand mort, mes chers confrères, par qui le mot de pardon, le mot de douceur ont été prononcés si souvent. Cette bonté, je l'invoque, je l'exige en pensant à tous les survivants, aux infirmes, aux sourds, à ceux qui ne voient plus, et si l'appel à ces vivants n'est pas entendu de vos consciences, si la prière que je leur adresse n'a pas d'écho dans vos cœurs, alors j'en appelle aux morts, j'en appelle à ceux qui pendant des mois et des années de souffrance ont tout supporté pour que la méchanceté s'efface et pour que disparaissent les derniers restes de brutalité.

« Je le demande au nom de vos fils, je le demande au nom de nos morts magnanimes et je voudrais qu'après le verdict de pardon réconfortant et réconciliateur que nous allons entendre dans quelques minutes, nous ayons les uns les autres au sortir de cette audience la conscience tranquille en pensant que, si du monde invisible, les chers disparus ont assisté à nos scrupules et à nos prières, ils pourraient se réunir dans un hosanna triomphal et dire aux jurés de la Seine : "Je suis content de vous !". »

Autre plaidoirie d'anthologie, deux ans plus tard, celle de Moro-Giafferri (1878-1956) à qui revint la lourde charge de défendre Landru, le « Barbe-Bleue de Gambais », accusé du meurtre de dix femmes (et du fils de l'une d'elles) rencontrées par le biais de petites annonces dans des gazettes, avant de disparaître. Mais aucun corps n'a jamais été retrouvé. Seule une chaudière, trop petite apparemment pour « absorber » autant de corps, présentait quelques restes d'origine humaine. En 1921, dans sa plaidoirie, qui n'évita pas la peine capitale à son client, Moro-Giafferri pointa d'abord les faiblesses du dossier d'instruction : « Cet homme a frappé, où ? Quand ? Comment ? L'accusation n'en sait rien ! Et l'on ne peut statuer sur les pièces d'un dossier où il y a surtout des hypothèses. » Pour conclure en exhortant le jury à ne point commettre une erreur judiciaire : « Ah ! Dites-vous, Messieurs, qu'en marge de votre arrêt, on pourrait écrire ces mots : ils ont donné la mort, et ils se sont trompés. [...] Que demain une seule de ses femmes reparaisse, une seule, alors quelle fierté robuste vous permettra d'affronter le revenant glacé qui s'approchera de vous la nuit et vous dira : "Je n'ai pas tué et vous m'avez tué." [...] Je vous demande d'entrer en lutte contre vous-mêmes, contre ce compagnon intérieur et charmant : l'imagination. Les silences de Landru, ses médiocres facéties m'irritent moi-même. Écartons tout cela, il ne reste qu'un squelette d'accusation ! »

Jacques Isorni, personnalité hors du commun, défendit durant l'occupation allemande des communistes devant le Tribunal d'État, juridiction d'exception créée par le gouvernement dit de Vichy, puis fut à la Libération le conseil de Robert Brasillach, écrivain et rédacteur de *Je suis partout*, lequel, malgré une plaidoirie brillante, fut condamné à mort et exécuté. Dans son livre: *Je suis avocat*, Isorni déclare: « Être avocat, afin de rester un homme libre: voilà une certitude et quelque raison d'être fier. L'indépendance aussi! Ne rien espérer du pouvoir, pas même une décoration. » Il est surtout connu pour avoir été le défenseur de Pétain lors de son procès pour intelligence avec l'ennemi et haute trahison, tenu en juillet-août 1945. La péroraison fut si intense et admirable qu'elle bouleversa le vieux maréchal, bien difficile à émouvoir: au point qu'il considéra Isorni « comme son fils », lui qui n'avait pas eu d'enfant. Un tel procès ne pouvait qu'être terrible, car il en appelait à des réactions viscérales, à des conceptions différentes de la politique et de la France, il supposait des responsabilités hors normes et agitait par conséquent les passions en les exaspérant.

Un extrait de la plaidoirie:

« Mais si, malgré tout ce que je viens de dire, si malgré le sentiment de la vérité qui est en moi, vous deviez suivre le Procureur général dans ses réquisitions impitoyables, si c'est la mort que vous prononcez contre le maréchal Pétain, eh bien, vous serez tous présents. Vous serez présents, messieurs les magistrats, vêtus de vos robes rouges, de vos hermines et de vos serments. Vous serez présents, messieurs les parlementaires, au moment où la délégation que le peuple vous a donnée de sa souveraineté s'achèvera. Vous serez présents, messieurs les délégués de la Résistance, au moment où ce peuple n'aura pas encore consacré vos titres à être ses juges.

« Vous serez tous présents ! Et vous verrez, au fond de vos âmes bouleversées, comment meurt ce maréchal de France que vous aurez condamné. Et le grand visage blême ne vous quittera plus.

« Car j'imagine qu'il ne s'agit pas de vous abriter derrière d'autres responsabilités que les vôtres.

« Et je ne l'évoque, ce tragique, cet inhumain spectacle du plus illustre des vieillards lié à la colonne du martyre, je ne l'évoque que pour vous faire peser tout le poids de votre sentence. »

Marcel Petiot, surnommé par la presse « docteur Satan », fut jugé en 1946 par la cour d'assises de la Seine pour homicides volontaires avec vol, guet-apens et préméditation. Il lui était reproché vingt-sept assassinats, dont ceux de douze Juifs et de quatre proxénètes accompagnés chacun de leur prostituée. Lui-même, par forfanterie, revendiquait soixante-trois meurtres, affirmant qu'il s'agissait de traîtres, de collaborateurs et d'Allemands et qu'il aurait tué « pour la France ». L'instruction fut pour le moins bâclée et le dossier manquait de preuves, failles dans lesquelles s'engouffra l'avocat René Floriot, grande figure du barreau de Paris.

« Voulez-vous vous souvenir de ces braves gens qui sont venus à cette barre et qui vous ont dit que, par tous les temps, en hiver comme en été, pendant des années, sans être payé, sur une mauvaise bicyclette, le Dr Petiot venait, en pleine nuit, constamment, voir leur enfant pour le disputer à la mort. Ce n'était pas pour être élu conseiller municipal : il n'a jamais fait de politique à Paris. Ce n'était pas parce qu'il connaissait ces gens ; ils vous ont dit : "Nous ne le connaissions que comme client ; nous étions des malheureux, nous étions de pauvres gens. Et, malgré tout, le Dr Petiot venait." Alors, pouvez-vous concevoir que le même homme qui, souvent, la nuit, prenait sa bicyclette pour aller à Levallois faire la piqûre qui pouvait sauver un enfant et qui ne demandait rien en échange ; ce même homme, le lendemain, pour gagner quelques milliers de francs, aurait abattu un enfant ?... C'est de la démence !...

« Et puis, vous avez entendu à cette barre Richard Lhéritier ; vous avez entendu Courtois, qui sont venus vous dire : "Nous ne pouvons pas vous dire ce qu'a fait le docteur, nous n'y étions pas, mais nous pouvons vous dire ce que nous avons vu pendant soixante-dix-huit jours, l'un, pendant six mois, l'autre. Que cet homme ait tué pour de l'argent, c'est impossible !..." Ils vous ont dit cela avec l'autorité de gens qui ont souffert, avec l'autorité de gens qui ont sur la poitrine la preuve de leur bravoure, avec l'autorité de celui qui est resté deux ans dans un camp de déportation allemand, avec l'autorité de gens qui, sachant tout ce qu'on a raconté sur Petiot, sont venus dire quand même : "Cela n'est pas possible !... Cet homme n'a pu faire cela pour les Allemands." »

Georges Isard, député de la gauche indépendante, adhéra à la SFIO, soutint les républicains espagnols puis, après avoir été incarcéré à Fresnes pendant l'Occupation, devint président du Mouvement démocratique et socialiste pour les États-Unis d'Europe. En 1946, il s'éloigna de la politique pour retourner au barreau. Son nom reste associé à de très grandes affaires, dont Kravchenko contre *Les Lettres françaises*, Claudel contre Maurras, le bey de Tunis, le sultan du Maroc, mais aussi la famille Rothschild, François Mitterrand, l'écrivain Jacques Chardonne... Élu à l'Académie française, ce grand avocat laisse une œuvre abondante, dont *Kravchenko contre Moscou* (1949). En quelques mots, car cette triste affaire, plus que retentissante, donna lieu à un interminable procès : le magazine *Les Lettres françaises* lié au Parti communiste attaqua en diffamation le livre du diplomate Victor Kravchenko, *J'ai choisi la liberté*, dans lequel il décrivait et dénonçait les camps de concentration russes dans lesquels il avait lui-même été prisonnier. La plaidoirie de Georges Isard reste un modèle du genre, concentré d'intelligence et d'éloquence qui valut à son auteur des tombereaux d'injures de la part d'une intelligentsia française refusant l'évidence de la barbarie stalinienne et du Goulag, bien avant les livres de Soljenitsyne.

« Kravchenko a fui pour faire face. Il a dérobé en sa personne tout l'amas de preuves que constitue sa vie. Il a cherché avant tout dans la liberté le moyen de libérer la vérité. [...] Ce qu'il y a sans doute de plus étonnant dans ce procès, c'est qu'il ait pu avoir lieu. Car le rideau de fer abaissé sur l'Est européen porte l'inscription "La justice n'entre pas ici". [...] L'insubordination et le refus de s'accuser sont punis automatiquement d'une peine accessoire : la diffamation. L'insoumis est, par nature, un malhonnête homme. L'opposition ne peut naître et fleurir que sur du fumier. Il est impossible de supposer que les motifs d'un opposant actif ou passif aient pu être, sinon légitimes, du moins avouables. Il est impossible de ne pas lui découvrir des intentions avilissantes. L'exclu ne cesse pas seulement d'être militant : comme l'ennemi, il cesse d'être homme. [...] Kravchenko n'a pas échappé à la règle. Mais il est le seul à avoir pu traduire ses calomniateurs en justice, devant le tribunal d'un pays libre. »

Autre grand avocat qui défendit des causes éminemment politiques qui reflétaient les mentalités souvent houleuses d'une époque : Jean-Louis Tixier-Vignancour. Avocat de génie et homme politique de la vieille droite extrême (il a notamment été secrétaire général adjoint à l'Information de l'État français et donc responsable de la censure), député des Basses-Pyrénées, il sauva Céline lors d'un procès resté fameux. Le grand écrivain maudit, victime d'un de ces procès expéditifs de l'épuration, était alors sous le coup d'une condamnation par contumace à un an d'emprisonnement et 50 000 francs d'amende, à l'indignité nationale et à la confiscation de ses biens de moitié pour avoir « sciemment accompli des actes de nature à nuire à la Défense nationale » et « avec l'intention de favoriser les entreprises de toutes natures de l'Allemagne puissance ennemie de la France ou de l'une quelconque des nations alliées en guerre contre les puissances de l'Axe ». En avril 1951, Tixier plaide devant le tribunal militaire de Reuilly et obtient l'amnistie de Céline sur pièces en trompant le président et un officier supérieur sur l'identité réelle de son client. En effet, l'idée de génie, simple comme toutes les idées géniales, consista à présenter Céline sous son vrai nom, Destouches, et à faire valoir la Médaille militaire de ce grand invalide de guerre depuis 1914. Dès lors, l'écrivain put rentrer en France sans risquer d'être inquiété. Et que penser de la défense de Salan en mai 1962 par Tixier-Vignancour ? Son aplomb, son art d'argumenter, de saisir l'auditoire ne peuvent qu'ébahir. Sa plaidoirie, peut-être aujourd'hui un peu surannée, trop emphatique, demeure un modèle de rhétorique et d'efficacité. Citons les derniers paragraphes :

« Dans votre réquisitoire, Monsieur l'Avocat général, vous avez, un moment, été trop loin. Vous avez affirmé, par souci littéraire, je l'espère, que, la peine capitale que vous réclamiez de ce Tribunal prononcée, nul n'essuierait les larmes du condamné au Tribunal de Dieu.

« Vous ne pouviez point le dire et pas davantage ne pouviez invoquer les morts des guerres. Ce n'est pas possible. Je vous réponds en adjurant le Tribunal de m'entendre. Depuis que j'assiste en cette salle d'audience le général Salan, jour et nuit, j'entends monter des grandes nécropoles militaires, des petits cimetières de ce qui fut le front, de Lorette ou de Douaumont, de Cassino, de Mulhouse, ou de Cao Bang... j'entends monter l'innombrable oraison de ceux qui ne sont plus, mais qui ne sont plus parce qu'ils ont tout donné à la Patrie. Ceux-là qui savent sont aux côtés de celui qui, pendant des années, fut leur camarade avant d'être leur chef, ceux-là savent, Monsieur le Procureur général, le prix du sang et certains sont couchés auprès de leur fils pour avoir une double fois accompli l'ouvrage et avoir refusé d'amener le drapeau.

« Ils ne peuvent pas comprendre, eux, les méandres dans lesquels nous nous trouvons. Et alors, ils prient, dans la communion des héros et des martyrs de notre patrie, pour qu'un jugement n'ajoute pas à l'ensemble des malheurs le malheur qui dure plus que les autres. [...]

« Vous avez, messieurs, ce soir, entre vos mains, le moyen d'accomplir un geste pour que se réalise, au bout de la nuit, la fragile et difficile unité des vivants. »

En 1982, Mitterrand a eu le courage de gracier le général rebelle, pour tourner la page d'un épisode aussi tragique que dérisoire.

Tixier-Vignancour a connu l'âge d'or de l'éloquence judiciaire. C'était avant la loi de 1941 : « J'ai connu la cour d'assises dans son organisation d'origine. Il était passionnant d'y plaider. Il s'agissait vraiment de la justice populaire sur le principe de la culpabilité de l'accusé. Douze jurés tirés au sort devaient se prononcer précisément sur la culpabilité. Et la cour, un président et deux conseillers fixaient la peine ou constataient l'acquittement. » Évidemment, cela avait donné quelques décisions surprenantes. Maintenant, les jurés et la cour délibèrent ensemble, alors qu'à l'époque le verdict était prononcé par les seuls jurés, tandis que les magistrats se contentaient d'en tirer les conséquences au travers d'un arrêt.

La loi autorisant l'IVG fut votée en 1975, trois ans après un procès resté célèbre grâce à l'avocate Gisèle Halimi, qui prit la défense d'une jeune femme jugée pour avortement, alors que ce dernier était encore illégal en France. Le 11 octobre 1972, Marie-Claire Chevalier, 16 ans, et son avocate, Gisèle Halimi, remportent une première victoire au tribunal de Bobigny, dans le combat pour la légalisation de l'interruption volontaire de grossesse. La jeune Marie-Claire était jugée par le tribunal pour enfants de Bobigny pour avoir avorté à la suite d'un viol. Avorter est alors illégal selon l'article 317 du Code pénal. À l'époque, plus de 500 femmes étaient, chaque année, condamnées pour avortement. Issue d'un milieu populaire, la jeune Marie-Claire n'avait quasiment aucune chance d'échapper à une condamnation. Sa rencontre avec l'avocate féministe Gisèle Halimi a transformé le tribunal de Bobigny en arène politique et changé son destin comme celui de toutes les Françaises.

Ce grand moment repose sur l'énoncé d'une liberté fondamentale qui, alors, n'était pas encore reconnue comme telle : Gisèle Halimi commença ainsi sa plaidoirie :

« Je ressens avec une plénitude jamais connue à ce jour un parfait accord entre mon métier qui est de plaider, qui est de défendre, et ma condition de femme.

« Je ressens donc au premier plan, au plan physique, il faut le dire, une solidarité fondamentale avec ces quatre femmes, et avec les autres. [...] Elles sont ma famille. Elles sont mon combat. Elles sont ma pratique quotidienne.

« Et si je ne parle aujourd'hui, Messieurs, que de l'avortement et de la condition faite à la femme par une loi répressive, une loi d'un autre âge, c'est moins parce que le dossier nous y contraint que parce que cette loi est la pierre de touche de l'oppression qui frappe les femmes. [...]

Et de poursuivre :

« L'acte de procréation est l'acte de liberté par excellence. La liberté entre toutes les libertés, la plus fondamentale, la plus intime de nos libertés. Et personne, comprenez-moi, Messieurs, personne n'a jamais pu obliger une femme à donner la vie quand elle a décidé de ne pas le faire. [...] Vous ne devrez pas esquiver la question qui est fondamentale. Est-ce qu'un être humain, quel que soit son sexe, a le droit de disposer de son corps ? »

Nous pourrions également citer Georges Kiejman, notamment au procès de Pierre Goldman en 1976. Ou Paul Lombard, la même année, devant la cour d'assises des Bouches-du-Rhône devant laquelle il défendit Christian Ranucci, poursuivi pour le meurtre d'une fillette de

8 ans, Marie-Dolorès Rambla. La célèbre affaire dite du pull-over rouge qui avait créé un émoi considérable dans la population. « N'écoutez pas l'opinion publique qui frappe à la porte de cette salle, exhorta-t-il. Elle est une prostituée qui tire le juge par la manche, il faut la chasser de nos prétoires, car lorsqu'elle rentre par la porte, la justice sort par l'autre. » Avant de conclure : « En donnant la mort à Ranucci, vous rouvririez les portes de la barbarie, vous grossiriez le tombereau sanglant des erreurs judiciaires, vous deviendriez bourreau, vous céderiez à la colère, à la peur, à la panique. Mais je le sais : vous ne ferez pas cela », conclut ce ténor du barreau français. Ranucci fut néanmoins guillotiné le 28 juillet 1976.

Paul Lombard avait mille fois raison lorsqu'il écrivait : « Il n'y a pas de grand avocat, il n'y a que de grandes affaires. »

Ce serait faire injure que de ne pas parler de l'éloquence des magistrats.

En juillet 1995, Gilles-Jean plaida pour Michel Charasse devant la cour d'appel de Riom dans un procès contre *Le Point*, qui l'avait traité d'« anticlérical ». L'ancien ministre estimait qu'il y avait diffamation : ce n'est pas parce qu'il refuse d'entrer dans les églises qu'il est anticlérical. Alors qu'il quittait son cabinet, on lui donna à la va-vite un autre dossier qui devait également se plaider à la cour d'appel de Riom : un conflit au lieu-dit La Rochette, village de Sallèdes dans le Puy-de-Dôme, qui opposait un dénommé Rougier à ses voisins, les époux Roche, propriétaires d'un poulailler que Rougier estimait trop proche, trop bruyant et trop malodorant. Querelle de voisinage digne de *Clochemerle*, mais la plus petite affaire recèle des trésors pour qui aime le genre humain. En première instance, le tribunal avait donné raison au plaignant et ordonné la destruction dudit poulailler fauteur de troubles. Dépités, les époux Roche avaient fait appel de la décision du tribunal devant la cour d'appel de Riom.

Gilles-Jean plaida donc pour Charasse, et dans la foulée pour le propriétaire des poules. Il regarda rapidement le dossier et demanda au président :

— Est-il vraiment condamnable d'élever des poules à Sallèdes ?

Le magistrat éclata de rire. Les deux affaires furent mises en délibéré au 7 septembre 1995.

Il fut un temps, du XIIIe au XVIe siècle, où la justice n'hésitait pas à faire le procès d'animaux. Certaines bêtes étant jugées par l'imaginaire populaire plus démoniaques que d'autres : le chat, la chauve-souris et tout un bestiaire où le fantastique était convoqué. Le dernier procès connu, celui d'une vache, se déroula en 1741. L'animal, bien que dénué de raison, était le plus souvent condamné à être pendu ou étranglé. Les juges s'appuyaient, une fois encore, tradition oblige, sur un texte de l'Ancien Testament (Exode 21, 28) qui dispose : « Si un bœuf encorne un homme ou une femme et cause sa mort, le bœuf sera lapidé et l'on n'en mangera pas la viande. » Nous en sourions aujourd'hui, estimant qu'il s'agissait d'autres temps et d'autres mœurs. Mais ces procès étaient menés avec un sérieux extrême et les juges réputés pour des verdicts qui relevaient de la boucherie. Durant ces siècles, les animaux vivaient en liberté au point qu'on dut en limiter l'accès dans les églises en raison du chahut. Et les accidents de rue n'étaient pas rares. La jurisprudence regorge d'exemples sur l'usage de cette procédure suivie contre des pourceaux, des truies, des chevaux ou des taureaux qui avaient dévoré des enfants ou tué des passants, et qui, pour ce fait, étaient condamnés à la peine capitale. Les jugements et arrêts étaient mûrement délibérés et prononcés avec solennité, de même que l'exécution était publique et codifiée. Parfois même, l'animal apparaissait habillé en homme. En 1386, une truie fut condamnée à être mutilée à la jambe et à la tête, puis pendue pour avoir déchiré au visage et au bras un enfant mort de ses blessures. La loi du talion appliquée au règne animal.

On pensait que le supplice du gibet appliqué à un animal jugé coupable d'un meurtre démontrerait l'horreur du crime et que son propriétaire serait suffisamment puni par la perte même de la bête. Il faudra attendre la seconde moitié du XVIe siècle pour que ces procédures inutiles et absurdes disparaissent progressivement au profit d'amendes et de dommages et intérêts infligés aux propriétaires d'animaux nuisibles, exception faite de quelques cas résiduels, fruits de l'opposition chronique entre catholiques et protestants. Il n'en reste pas moins quelques affaires qui ne manquent pas de laisser songeur sur certaines pratiques et la sociologie d'une époque. En 1120, des mulots et des chenilles sont excommuniés par l'évêque de Laon. En 1451, des sangsues le sont par l'évêque de Lausanne, parce qu'elles détruisaient les poissons. À quoi bon puisque aucune de ces bestioles ne pensa jamais communier ? En 1474, un coq est condamné à être brûlé, par sentence d'un magistrat de Bâle, pour avoir pondu un œuf. En 1497, une truie est condamnée à être assommée pour avoir mangé le menton d'un enfant du village de Charonne. La sentence ordonna en outre que les chairs soient coupées et jetées aux chiens, et que le propriétaire et sa femme fassent un pèlerinage à Notre-Dame de Pontoise le jour de la Pentecôte. En 1585, le grand vicaire de Valence fait citer les chenilles devant lui, leur donne un procureur pour les défendre, et finalement les condamne à quitter le diocèse. Décision plus utile que l'usage intensif des pesticides.

Le moins que l'on puisse dire, c'est que l'on ne rigolait pas beaucoup au temps où les bêtes étaient le fleuron de l'économie rurale !

Le 7 septembre, Gilles-Jean reçut l'arrêt concernant Michel Charasse, qui lui était défavorable comme il le craignait, et celui des poules de Sallèdes. Aux journalistes qui l'appelaient pour savoir ce qu'avait donné le procès de Charasse contre *Le Point*, il répondait :

— Malheureusement, c'est une confirmation. En revanche, j'ai une décision sympathique qui vient d'être rendue. Je peux vous l'envoyer en même temps.

Il convient de dire que l'arrêt ne manque pas de sel et on imagine la jubilation avec laquelle le magistrat avait rédigé son texte : « Attendu que la poule est un animal anodin et stupide, au point que nul n'est encore parvenu à le dresser, pas même un cirque chinois ; que son voisinage comporte beaucoup de silence, quelques tendres gloussements et des caquètements qui vont du joyeux (ponte d'un œuf) au serein (dégustation d'un ver de terre) en passant par l'affolé (vue d'un renard) ; que ce paisible voisinage n'a jamais incommodé que ceux qui, pour d'autres motifs, nourrissent du courroux à l'égard des propriétaires de ces gallinacés ; que la cour ne jugera pas que le bateau importune le marin, la farine le boulanger, le violon le chef d'orchestre, et la poule un habitant du lieu-dit La Rochette, village de Sallèdes (402 âmes) dans le département du Puy-de-Dôme. »

Preuve s'il en est que les magistrats, qui ne sont pas des humoristes, peuvent faire montre d'éloquence, et de cette légèreté qui rend la vie moins fade. Le sieur Rougier était débouté de son action et condamné aux dépens. Et le poulailler sauvé.

La presse reprit le jugement qui fit le tour de France. Le surlendemain, Sallèdes devenait l'un des villages le plus connus de France. Il paraîtrait même que des Japonais seraient venus filmer. Mais la juridiction suprême, plus sensible aux nuisances sonores des gallinacés qu'au style littéraire du magistrat, cassa l'arrêt de Riom deux ans plus tard, au motif, entre autres, qu'il « se borne à des considérations générales, étrangères aux faits de l'espèce ».

VI
La plume, puis la voix

« Lorsque toutes les cartes ont été abattues, il ne reste plus pour terminer qu'à rassembler tout ce qui a été dit et à fournir un dernier effort en résumant l'essentiel pour achever de forcer la conviction. Le moment de la péroraison est venu. »

Maurice Garçon,
Essai sur l'éloquence judiciaire, 1941

Les dossiers succèdent aux dossiers. L'avocat vit ainsi au rythme des affaires. Obnubilé – le mot est juste – par le délicat dossier qu'il va plaider. Obnubilé, car ce dossier occupe en permanence son esprit. Jamais il ne claque la porte de son cabinet. Obnubilé – pour ne pas dire obsédé – jusqu'au jour de la plaidoirie. Pourquoi ne pas avouer que nous nous levons la nuit pour griffonner l'idée qui nous vient à l'esprit et que nous craignons de perdre ou d'oublier ? La plaidoirie demain : il n'y a que cela qui compte. Sans parler de l'attention que nous portons alors à notre présentation, à ce que nous mangeons et à ce que nous buvons. Nous nous conditionnons en fait comme des athlètes qui préparent une épreuve en voulant terrasser l'angoisse.

L'éloquence, c'est la plume et la voix. D'abord la plume, ensuite la voix. Cela permet à la pensée de se salir les mains. Mais sans doute est-ce bien davantage. Si l'on se réfère au *Dictionnaire de rhétorique* de Georges Molinié, l'exercice suppose des règles : dans le genre judiciaire, l'orateur cherche tous les moyens de persuasion. Ce qui oblige à organiser la plaidoirie dans une logique parfaite, en hiérarchisant l'ordre des propositions, des thèmes traités, des arguments, des indications anecdotiques, avec l'insertion d'éventuelles digressions. Évidemment, l'ordre varie selon la cause. Lui succède « l'action », « qui n'est pas sans rappeler ce qu'on désignerait aujourd'hui sous le nom d'interprétation [...]. L'action rapproche l'art oratoire de celui du comédien ; elle est le signe de l'individualité et de la singularité ; elle représente la composante sociale la plus forte de l'éloquence, la situant délibérément dans la vie. Traditionnellement, l'action a deux aspects : la prononciation et le geste. Il semble bien que le premier soit le plus important : il s'agit de la voix ». Suit un travail de mémoire : apprendre parfois par cœur pour donner l'impression que l'on improvise. L'exposé des faits doit paraître objectif. Pour cela il doit être clair, concis, crédible pour réfuter avec efficacité les thèses défendues par l'accusation. Vient enfin le moment de la « péroraison », « moment ultime, qui est le dernier feu de l'orateur, et doit de ce fait produire l'impression décisive pour emporter la conviction des auditeurs ».

Il va de soi qu'il s'agit d'une trame, presque d'un idéal, et que l'on ne peut systématiquement calquer ce cadre sur chaque affaire.

La plume, puis la voix. Mais répétons-le, d'abord la plume. Nous rédigeons ainsi nos plaidoiries. Dès le premier jour et surtout dès que nous prenons totalement possession du dossier à l'approche de l'audience. La plaidoirie : elle se construit pierre par pierre. Souvent plusieurs mois, voire plusieurs années avant d'être déclamée. Bien plus qu'une trame, elle se nourrit, elle se mûrit. Et nous la modifions sans cesse. Nous y pensons jour et nuit quand nous jetons sur le papier tout ce qui nous paraît important, tout ce qui nous parle. Car il y a une magie des mots. « Et soudain, raconte le grand Albert Naud dans *Les défendre tous*, je me sentis un autre homme, un dédoublement s'était produit en moi. Je voyais les mots arriver comme des volées de perdreaux, au fur et à mesure que je parlais. Physiquement, je les lisais sur un fond rougeâtre qui était mon moi inconscient et mystérieux. »

L'écriture, c'est en réalité la seule façon de nous tranquilliser. De nous apaiser. Un filet de sécurité en quelque sorte. Pour peu que nous ne soyons pas au mieux au moment de plaider, nous savons que nous pourrons nous référer à nos notes. Nous avons en tête, bien évidemment aussi, notamment aux assises, que tout peut évoluer jusqu'au dernier moment. Rien ne se passe en effet comme prévu devant une juridiction criminelle. Alors, ces lignes couchées sur le papier ont vocation à évoluer. En fait, elles bougent toujours. Tout au long de l'audience, nous les actualisons en permanence. Bien sûr, lorsque tout est écrit, que nous avons travaillé des jours et des nuits en n'ayant à l'esprit que l'intérêt du client, il faut – ne serait-ce que quelques heures –, lors de la nuit qui précède l'exercice final, laisser le tout décanter. Soyons clairs : l'écriture est une digue qui doit nous sécuriser comme un garde-fou. En réalité, seule cette écriture offre la sécurité qui cache une tempête et qui permet d'aborder la plaidoirie plus sereinement. Souvent, et c'est très fréquent, au moment de se lever, tout le travail d'orfèvrerie apparaît pompier, ronflant, inadapté. En un mot, sans intérêt. Nous nous en détachons alors, sans jamais oublier la trame. Il faut, en fait, tenir la cour et les jurés en haleine. Pour qu'ils le soient, la plaidoirie ne doit pas durer trop longtemps. Sinon, on ne réussit pas à capter l'attention, à emporter la décision. Le cerveau humain ne résisterait pas. Chaque mot doit être entendu, perçu, bu. Nul ne retient une attention soutenue au-delà de soixante minutes, surtout quand on plaide tard et après plusieurs confrères.

La maîtrise de la langue et de la diction est très importante. Le discours consistant à dire qu'il convient d'être lettré pour bien plaider est un peu désuet parce que le français se meurt. De nos jours, plaider à l'imparfait du subjonctif ferait plus rire qu'autre chose. Pour autant, notre amour immodéré pour la langue française, pour les belles lettres, est quelque peu frustré : l'on convoque beaucoup moins Marivaux et Stendhal devant les tribunaux qu'on ne le faisait avant. Il faut se rendre à l'évidence : de nos jours, l'éloquence doit être attachée à un discours plus technique, et d'ailleurs peut-être même plus argotique. Nous pouvons user de figures de style, de métaphores, de litotes qui attireront l'oreille du magistrat mais plus de citation latine, il faut en convenir. De l'héritage des grands orateurs, il reste l'élégance, la voix et l'art de s'exprimer. L'époque n'aime plus le gras. Il faut savoir se réinventer. Le gras exaspère, il irrite. Là où il séduisait hier, aujourd'hui il agace. Le magistrat n'a pas la même sensibilité que ses prédécesseurs des siècles passés, il n'a pas la même disponibilité, pas la même écoute.

Pourtant, lorsque l'éloquence est associée aux belles lettres, elle reprend toute sa noblesse. Et même si la tendance aujourd'hui voudrait que l'on plaide technique, « chirurgical », efficace, sans fioritures, il existe encore quelques grands procès où les belles lettres ont toute leur place.

Grégory se souvient de sa première rencontre avec Christian Charrière-Bournazel qui n'était pas encore bâtonnier de Paris. C'était lors du procès de Maurice

Papon, en octobre 1997, l'un des plus longs et des plus médiatisés de l'après-guerre en France. Ancien haut fonctionnaire de Vichy et ministre sous la Ve République, Papon était accusé de complicité de crimes contre l'humanité pour sa participation à la déportation de 1 690 Juifs de Bordeaux vers Auschwitz entre 1942 et 1944. L'atmosphère était tendue, d'autant que Papon, placé en détention, avait été libéré sur décision judiciaire, ce qui avait scandalisé les parties civiles. Quant à la défense de l'ancien ministre, elle reposait sur l'argument qu'il n'était qu'un fonctionnaire subalterne suivant les ordres sous la domination allemande, sans pouvoir décisionnel sur les actions policières ou militaires.

Christian Charrière-Bournazel plaidait pour la LICRA. Il n'hésita pas à citer de tête, comme s'il les fréquentait pour déjeuner, Lamartine, Sartre, Beauvoir, produisant un effet indéniable sur la cour. Mais nous l'avons dit, il convient d'être précautionneux avec les belles lettres, ne pas en abuser ni les confier à quelques oreilles distraites sinon bouchées.

Si nous ne nous adaptons pas à notre auditoire, nous le perdons. Nous n'emportons pas sa conviction. Nous échouons dans notre mission. Ce qui suppose également une maîtrise de la psychologie humaine.

La plume, puis la voix. La voix compte énormément. Elle doit immédiatement trancher sans sombrer dans la grandiloquence. Elle doit être forte et puissante, sans crier, porter, impressionner sans choquer, séduire sans effaroucher. Quand la voix est là, quand la forme est là, le fond suit. La tonalité et la force de la voix pèsent sur le fond du dossier.

Quand la voix est sûre, faite, qu'à peine s'est-on levé qu'elle résonne dans la salle d'audience, le fond est là, parce qu'il a été incorporé à celui qui le porte. Quand on est à la peine, que sa voix habituelle n'est pas au rendez-vous, le fond reste en retrait. Pour mille raisons, il nous est ainsi beaucoup plus difficile, comme nombre d'entre nous, de plaider le lundi que le vendredi !

La plaidoirie est le moment le plus important, celui que l'on préfère et que l'on redoute le plus. Après avoir gravi les montagnes de l'instruction, l'ivresse des sommets donne le vertige. Elle doit tout rassembler, tout concentrer. Nous nous adressons à nos juges, nous sommes debout, face à eux, quelquefois à moins d'un mètre. Les regarder dans les yeux. Ne jamais leur tourner le dos. Nous percevons presque physiquement s'ils acquiescent véritablement ou si leur attitude n'est qu'une façade. Nous sentons d'emblée si le ciment prend. Pendant la durée des débats, les questions alimentent la joute. C'est la guerre d'usure. Nous estimons d'ailleurs que, souvent, les avocats en font trop en posant d'inutiles questions techniques, notamment sur des problèmes psychiatriques ou psychologiques qui dépassent complètement les jurés. Tout l'effort doit être rassemblé pour la plaidoirie. Pour le moment décisif. Pour ce point culminant.

Plaider implique une préparation titanesque. Du moment où l'on se lève jusqu'à celui où l'on s'assoit, tout doit être pensé, étayé, mûri. Les transitions, les mots sur lesquels le discours bascule d'une idée à une autre : il faut avoir tout en tête, que tout ait été écrit, lu et relu, comme pour faire passer par la main ce qui convaincra par la voix.

Pour être éloquente, une plaidoirie doit être construite : une introduction, un développement, une conclusion. Mener une argumentation juridique est tout un art. L'art du débat. C'est un art que d'interrompre un confrère. C'est un art que de porter la contradiction, de se scandaliser parfois faussement, de provoquer un incident… Tout cela participe de l'éloquence.

Maintenant, la plaidoirie : elle doit être une sorte de torrent qui emporte tout sur son passage. D'un seul trait. Sans aucune interruption ni hésitation, mais des silences, choisis. Le moindre bafouillage étant banni. Le pire écueil, à vrai dire.

Chaque fois que nous nous levons, osons le dire et le redire, nous sommes noués. Et cela ne passera jamais. Nous sommes gagnés par une intense sensation de solitude. L'étreinte de l'angoisse nous étouffe. Nous craignons d'abord de perdre, plus que d'être ridicules. Un homme ou une femme nous a fait confiance au point de mettre sa vie, ses enfants, sa société, ses salariés, c'est-à-dire sa liberté et son avenir, entre nos mains. Comment ne pas redouter alors de le décevoir, même quand nous sommes convaincus d'avoir tout fait pour le sortir de l'impasse ? Les nuits blanches nous permettent de façonner les discours qui nous sécuriseront et limiteront autant que faire se peut ce trac intense des premiers instants, ce déclic qui fige avant la plaidoirie et qui ne disparaît jamais complètement, malgré l'expérience ou les dossiers qui s'enchaînent. « C'est une épreuve personnelle, avant tout, explique François Saint-Pierre dans *Avocat de la défense*. Le trac, la peur saisissent au ventre l'orateur. Une sensation intense de solitude l'isole, le moment venu de plaider. Le juge l'observe et lui donne la parole. Le voici qui se lève de son banc. Le public fait silence. L'avocat prononce ses premiers mots. L'angoisse s'écarte, le libère. L'exorde lui permet de poser sa voix, de lier le fil invisible de l'écoute, tandis qu'en lui-même il réfléchit aux arguments qu'il s'apprête à développer, s'assurant de leur ordre, de leur logique et de leur force. Jusqu'au terme de son propos, à l'instant de se rasseoir, les derniers mots prononcés, un avocat éprouve ce que c'est que plaider. » Ensuite, tout se libère, s'allège, se pose.

En ouverture, une part d'improvisation s'impose souvent. Cette improvisation sur le fil permet de se faire la voix. Manifester son indignation rend la parole plus facile. Répondre vigoureusement, réagir vivement sur un propos d'audience ou sur les réquisitions du parquet, libère instantanément. Un cadeau du ciel qui nous offrira notre phrase d'introduction. Une indignation qui portera la rhétorique, stimulera et nourrira l'éloquence d'une dose bienvenue d'adrénaline. Dans les *Tusculanes*, Cicéron évoquait la possibilité de simuler les passions, d'en produire l'apparence : « Enfin il n'y aurait point de bon orateur, non seulement dans l'accusation, mais même dans la défense, sans le mordant que donne la colère, et, à supposer qu'on n'eût point de colère, encore faudrait-il en donner l'impression par le ton et par le geste, pour allumer par le moyen de l'action oratoire la colère de l'auditeur. » Mais, quand les réquisitions ont été d'une platitude soporifique et que nous ne pouvons rien en dire, ou que les confrères ont été silencieux et que nous ne pouvons rien en faire : difficile de se lancer. L'exorde est compliqué quand nous n'avons pas d'aspérité sur laquelle rebondir. Nous avons évidemment préparé à l'avance une ou deux phrases d'accroche, une citation, un bon mot, mais nous espérons toujours ne pas avoir à les utiliser pour nous appuyer sur un élément de la réalité de l'audience. Nous l'avons dit : nous sommes des perfectionnistes qui jouons les dilettantes. Comme Paul Lombard : « Soucieux de ne pas passer pour un besogneux, dangereuse coquetterie, j'ai trop souvent feint d'improviser, de survoler les dossiers cent fois relus, mille fois raturés au cours d'interminables nuits de veille. »

La plaidoirie met en transe. Lorsque nous prononçons la péroraison, que nous avons tout donné, notre chemise est trempée. Certains ne portent jamais de veste sous leur robe qui comporte de fausses manches, la fameuse robe Floriot. Si tout s'est bien passé, comment ne pas dire que nous éprouvons alors une sorte de jouissance? Lorsque nous avons plaidé dix minutes, un quart d'heure, vingt minutes sur un dossier technique, que nous avons eu un bon mot et que le magistrat a souri, ou a levé le sourcil, ou a acquiescé d'un rictus, nous sommes les plus heureux des avocats. Nous plaidons devant un être humain. Nous voulons le convaincre. Nous voulons qu'il nous donne raison. La séduction passe au premier plan.

Nous avons tous nos rituels, nos superstitions, le parfum réservé aux jours d'audience, une cravate particulière, une paire de souliers spécifique, le besoin de nous isoler cinq minutes avant la plaidoirie, de nous couper du monde, de faire le vide, une façon de ranger le dossier devant nous. En plaidant, certains triturent les lunettes qu'ils ne chausseront jamais, d'autres jouent avec leur stylo bille, provoquant un cliquetis systématique. Ou encore ce confrère qui faisait les cent pas une liasse de feuilles dans la main et qui les jetait une à une au sol, au fur et à mesure de sa plaidoirie. Une désinvolture qui ne participe ni à l'élégance ni à l'éloquence.

Justement, parlons-en : la plume, la voix, mais aussi l'élégance. La manière dont nous nous comportons à la barre est primordiale. Les mains comptent, tout autant que la gestuelle. Nous enlevons systématiquement nos montres au moment de plaider : elles bougent, cognent, cliquent et peuvent détourner l'attention. La façon de se tenir également, rester droit, regarder les magistrats dans les yeux. Les suivre du regard. Les ramener au centre. Aller les chercher. Les réveiller d'un sommeil interdit. L'élégance dans la tenue. Nous sommes horrifiés lorsque nous voyons arriver des confrères, en robe, certes, mais affublés de baskets rouges. Ou encore ceux qui plaident une tablette à la main. Nous en serions incapables. Peut-être est-ce plus pratique. Mais cela place l'écran entre le juge et l'avocat : une barrière. Le demandeur, le prévenu, l'accusé, la victime, quel que soit son statut, est également jugé à travers son avocat.

Une fois prononcé le dernier mot de la plaidoirie, comme par magie tout semble plus facile. Une véritable libération. Un sentiment de plénitude. Le temps paraît suspendu. Une sensation qui malheureusement s'estompe rapidement. L'angoisse s'évacue comme un nuage un jour de grand vent. S'installe alors une satisfaction, celle du travail bien fait, de la mission accomplie, de la sauvegarde des intérêts de celui qui a fait appel à nous et qui nous a fait confiance. Si on a été bon, on le sait et on en tire une vaine et douce gloire. On n'interroge personne, assuré de n'avoir pas failli. On prend son temps pour quitter la salle, on s'attarde, on jubile intérieurement, soulagé. À l'inverse, quand la plaidoirie n'a pas été à la hauteur, que la défense a été laborieuse, la parole lestée par une sourde angoisse, que l'on a rajouté de la longueur à l'inefficacité pour tenter de se rattraper, on interroge tout le monde, on cherche à se rassurer. Et, même si l'on sent que l'on a été décevant, malhabile, on ne supporte pas de s'entendre dire sa médiocrité ou qu'on a été simplement moyen. Tout en sachant que l'on peut être mauvais et gagner. Ou l'inverse. Il nous est arrivé de nous décevoir et d'obtenir satisfaction à notre plus grande surprise. Une leçon d'humilité qui ne saurait nuire. L'espèce de magie que contient et génère toute plaidoirie a ses limites et aucune d'entre elles ne peut changer la réalité d'un dossier.

Le verdict est important. Pour les parties civiles comme pour l'accusé. Et lorsque celui-ci comprend la peine qui lui est infligée, il est plus à même de l'accepter. Quelle que soit la décision, si l'on a bien plaidé, si l'on a donné le meilleur de nous-mêmes, le condamné ne nous tient pas rigueur du résultat. Dans un procès d'assises, nous l'avons dit, mais c'est tellement important, la plaidoirie représente le moment essentiel durant lequel doit triompher l'éloquence, qui, selon Jean-Marc Varaut, n'est autre qu'« une fusée dans la nuit avant qu'elle ne se dissipe, après nous avoir fugitivement éblouis ».

Et le lendemain du verdict, vient le rituel, l'instant fiévreux, celui où l'on pénètre comme par effraction chez le marchand de journaux afin d'acheter la presse du jour que l'on parcourt d'un regard anxieux. Parlent-ils de l'affaire ? Quelques mots sur la défense ? Et la plaidoirie, a-t-elle retenu leur attention ? Douloureuse impression de repasser sans cesse le même examen. Quelques louanges, et nous voici rassérénés. Une critique ? Nous la trouvons injuste au regard des nuits blanches. Une pensée émue pour Émile Pollak, grande figure du barreau entre les années 1940 et les années 1970, qui se fit un jour épingler par un journaliste ayant osé écrire : « Seuls ses silences sont éloquents. »

Quand tombe le verdict, cette affaire qui a capté toute notre énergie, tout notre temps, est aussitôt oubliée. Quelle disproportion entre la force déployée et la rapidité avec laquelle le dossier est évacué. Parce que dès lors, c'est le prochain qui compte.

Et comment ne pas faire nôtre la conclusion de la préface de Stéphanie de Saint Marc qui a publié dans l'excellente collection « Bouquins » *Les Grands procès du XX*e *siècle* : « Dans l'enceinte du prétoire, un combat se déroule entre des versions contradictoires de la cause, une confrontation qui, s'il arrive qu'elle tienne du dialogue de sourds entre les adversaires, donne aux débats leur vigueur. Les parties croisent le fer à coups d'arguments. Elles se prennent à partie, rivalisent de bonne ou de mauvaise foi. Elles se livrent à une joute qui tient aussi du spectacle, un spectacle vivant où tous les faux pas sont possibles, mais où, inversement, des instants de grâce surviennent, l'accusé, l'avocat, voire le juge se dépassant, entraînés par la solennité du moment. Ces procès sont un théâtre où la parole est primordiale, une arène où l'on se bat avec des mots, pour tenter de sauver sa peau, son honneur, ses convictions, ou sa liberté. »

Peut-être n'avons-nous pas su percer tous les mystères de l'éloquence. Mais qu'importe, dès lors que demeure toujours en nous le bonheur, madré de douleur, de plaider.

Table

Mise en pages réalisée par
Jacques Motllo – 66470 – Sainte-Marie-la-Mer
181/2024

Achevé d'imprimer par Rotativas de Estella,
en avril 2025

Dépôt légal : avril 2025

Imprimé en Espagne